羊肠小道不走羊

王红彬 ◎ 著

上海文艺出版社
Shanghai Literature & Art Publishing House

图书在版编目（CIP）数据

羊肠小道不走羊 / 王红彬著 . -- 上海：上海文艺
出版社 , 2023
（神农文化）
ISBN 978-7-5321-8924-3

Ⅰ . ①羊… Ⅱ . ①王… Ⅲ . ①散文集－中国－当代
Ⅳ . ①I267

中国国家版本馆 CIP 数据核字 (2024) 第 004135 号

发 行 人：毕　胜
策 划 人：杨　婷
责任编辑：李　平　程方洁　汤思怡　韩静雯
封面设计：悟阅文化
图文制作：悟阅文化

书　　名：羊肠小道不走羊
作　　者：王红彬
出　　版：上海世纪出版集团　上海文艺出版社
地　　址：上海市闵行区号景路 159 弄 A 座 2 楼
发　　行：上海文艺出版社发行中心发行
　　　　　上海市闵行区号景路 159 弄 A 座 2 楼 206 室　201101　www.ewen.co
印　　刷：成都市兴雅致印务有限责任公司
开　　本：880×1230　1/32
印　　张：85
字　　数：2125 千
印　　次：2024 年 1 月第 1 版　2024 年 1 月第 1 次印刷
I S B N：978-7-5321-8924-3
定　　价：398.00 元（全 10 册）

告读者：如发现本书有质量问题请与印刷厂质量科联系　T：028-83181689

目 录
CONTBNTS

第二辑　喇叭花的春天

第一辑

斑鸠菜

梦里马帮过姚州

谁说大山无言，谁说建筑无声，原本荒芜的边地，原本偏僻的山区，一座座大山耸立，一座座建筑崛起，莫不是，它们用自己威武高大的形体，述说着自己的价值？尤其让人感叹的是，这些高山历尽沧桑，葱茏依旧；这些建筑早已千年，还是不老……在来姚州之前，我也没想到，在高远的蓝天下，在苍莽的大山褶皱间，会藏着一个如此巨大的秘密。"乌蒙磅礴走泥丸"的腹心地带，一群金碧辉煌的楼宇，器宇轩昂，整齐列阵；一个喧嚣繁华的古镇，巍然屹立，傲视群雄。正是它们，诠释着姚州往昔的梦境，见证了一个家族由兴盛而衰落的整个过程。当然，也正是它们，印证了历史的久远，时间的不朽。

来到此地之前，我对这里的认识，只有一个"万壑千峰难告语，倏然归去日迟迟"的高奣映。我曾在一本陶学良先生辑注的《云南彝族古代诗选注》中翻阅这个姚州土官的诗，一读倾心。如今，当我行走在诗人曾经生活过、战斗过、逃避过的光禄古镇，我寻思，这脚下的青石板上，或许有先生的足印吧？这个土司权势显赫之时，卫队前呼后拥、车马首尾衔接，巨大的车辙就从我面前的这条路上碾过？当然，也可能还复制着这个土官纠结了一夜，最后不得不传位其子、仓促赶往结璘山时失意蹒跚的脚步？但此时，已是公园 2013 年 4 月 28 日正午，头上的阳光兀自热烈，像顶着一个火盆的我和朋友就在这条街上徜徉。我想问问街上迎面走来的乡党，又怕他答非所问；我欲叩开身旁的一扇门，又怕走出来的不是我希冀见到的人。真希望能够"穿越"时空，轻松一跃，回到300年前，见到那个我朝思暮想的人。就在我胡思乱想的时候，来到了姚安路军民总管府。气势恢宏的大门、巨大方正的石墙、精巧雕花的窗户、飞檐翘角的屋瓦——真是好大一座城！我在一处门窗旁蹲下来，细细品味这有生命的艺术。我看到，一只凤凰展翅欲飞，栩栩如生；与凤凰纠缠在一起的，是一只遒劲的龙，它腾云驾雾，腾空而起，仿佛要从这窗栏上破壁而出。这还不算稀奇。当我们来到高高挂着"礼乐遗教"牌匾的古戏台，我一下愣住，在这庄严肃穆的总管府办公重地，也兴莺歌燕舞、你方唱罢我登场的游戏吗？我到台上转了一圈，觉得这一米五的古戏台，其高度几欲盖过了文武百官会晤的场所——会文馆、会武馆。馆舍内，宽敞明亮，不失大气，雕梁画栋，尽皆艺术。走进会文馆，一把古色古香的太师椅，让人浮想联翩。我轻轻地坐了上去。顿时，一种博大的胸怀，一种沉稳的气象，包裹了我的身心。没有风，却感到一丝透彻的沁凉；没有阳光，心里却无比温暖。听说这里是文官们议事的厅堂，他们会谈些什么呢？而我在此处聆听，他们不愿传播的秘密，大概也只有天知地知，你知我知了——哈哈，其实就算在这里坐上一个下午，愚钝的夫子如我，哪里又知道他们的千古秘事？

大殿的右侧，是高雪君祠，这里供奉着高家历朝历代祖先的牌位。我有些疑惑，这分明是办公的地方，怎么会有私人的宗祠？看过高家祖先历经五十余世，从公元1131年到1911年的700多年，高家的权杖一直在这片领地的上空挥舞，忠爱堂中，一个个鲜活的名字赫然在目，毫不避讳地炫耀着高家显赫的身世，至此方知姚籍名人赵鹤清所言"九爽七公八宰相，三王一帝五封侯"并非完全虚构。一个职位与一个姓氏，一个家族与一片领地，难分难解地结合在一起，高氏宗祠建在这里也就并不为过。你说，这六百余年间，这里发生的一切，究竟是算在光禄的头上，还是算在高家的身上，你能分得清吗？别的不说，就是这"光禄"古镇名号的来历，都离不开高家子孙的荣耀——正是宋代大理国相国高泰明因对国家有功，被褒奖为晋秩银青光禄大夫，他的后裔高明末从黔国公沐天波讨土酋沙定洲之乱后又忠心辅佐永历帝，被擢升为光禄寺少卿，于是后人将其官衔与地名相通，历代相传，"光禄"遂成一镇之名。听说在连年的征战中，高氏土衙其实早已被毁，民国时，在外做官的高氏后人高复亨在原址上仿土衙形制重建雪君祠，这些建筑经过一次次地震，至今保存完好……不，准确点说，大山依旧，建筑早已破败，如今我们能够看到的，其实是后人重修后的荣光。一座城池，守卫它的是能征善战的兵勇，是这个家族的实力，但依我看，更是一方百姓的民心。

再往左边，是一个曲径通幽的别院。这里满地绿草，花开路边，俨然是一个春色关不住的花园。一株硕大无朋的桉树好像被风吹弯了腰，枝叶就要靠到外面的墙头上去了。紧挨着还有一株银桦树，不以树高，而以花香，满树金黄，好似举着黄灿灿的金币。再往里面走几步，翘着一座亭台，如果在这里喝喝茶，聊聊天，或是吟吟诗，弈弈棋，别有一番乐趣。土官谈够了沉重的话题，随同文武官员到这来稍事小憩，倒是最适合不过的了。刚才陪我一起来参观的楚雄州文联的刘存荣君还说："这里见不到一棵树，炎炎夏日酷暑难耐。想不到才走了几步，就是另外一番风景。"

其实，光禄古镇的"风景"不止于此。与其说它是个城镇，毋宁说它是个乡村小镇更贴切些。它的不事装扮，十分到家，在我们一路走来的时候，我甚至有些诧异，在这些莽莽苍苍的大山背后，在这条曲曲折折的山路尽头，真的会有一个古镇吗？直到走到眼前，揭开"盖头"，我才惊觉，大山中真的藏着一个绝色"佳人"啊！此时，那一路上荒芜的山丘，田地里刚刚刈过的金子似的闪着亮光的麦茬，以及麦地里吃草的牛羊，仿佛都成了朝拜小镇不可缺少的"铺垫"，在我的脑海中渐渐清晰……我还想起了刚进姚安城时瞻仰过的李贽的故居。当我们来到李贽昔日生活过的地方，我彷徨着不愿离去。在这里，我感受到一种强大的气场，仿佛古人就在身旁，仿佛先贤就在眼前。虽然，这里已变成了县文联的办公地，沙发也换成了现今才有的"人造革"，但谁能说我坐的这个地方，先哲没有坐过？或者他就在我眼前的这片狭小的方寸之地踱步？哪一篇大作是在这里写成的呢？《焚书》？《续焚书》，还是《藏书》篇？门前的一棵树下，有一块石头硕大无比，那是李贽坐过的地方吧？五百年前，蝉噪也同今天一样轰鸣吗？干旱也一如今天一样困扰过这个姚安知府吗？在这里且饮一杯清茶吧，想想看李贽先生是怎样握着茶杯，一小口一小口地啜饮；或是想象一下先生闲来无事，与朋友在这里对弈，捏着一颗白子是如何举棋不定；但千万不要大声喧哗，那样一定会吓到曾经房屋的主人，那可就是不可饶恕的过失。一缕阳光从窗外照进来，一个人在窗前踱来踱去，蹙眉沉思，他患于朝廷的昏庸腐败，他忧于人民的食不果腹，或是为一个久久思考却没有答案的问题——那就是五百年前的场景吧？

说不清为什么，我感到高奣映没有离去，总有一种磁场，好像古人就在我的面前。这样的感觉，是在两个小时之前，我们刚刚进入光禄古镇之时就有的吧？哦想起来了，就在小镇入口那块刻着"光禄"两个大字的牌坊前，我见到了一件数百年前的戏服，还有一件衙门里兵勇身上的官服。正是这一情景，让我一下子回到了"高奣映时代"。这是一家古玩店，主人是个五十开外的男子，个头不高，脸上却已沟壑纵横，他的儿子十分热情，忙着为我递出递进，将一件件文物从玻璃柜子里搬出来给我看。我不懂文物，却被这些古董打动。一个刻着阴阳八卦图案的鼻烟壶，也许就是土司府管家用过的呢；那个雕龙画凤的玉佩，也许曾经在土司小姐高贵的身前晃荡；还有这枚镜面已经模糊、镜盖上老鼠戏猫的雕刻却无比生动的铜镜，是土司儿媳的最爱吗；一把黄铜铸就的锁，虽然精美，但肯定是农家的宝贝——因为土司衙门日夜有兵丁把守，是不需要这把刻着"俨然卫兵，将军在此"的家伙的……最后，在店主人不带忿恚，却十分热情的"招呼"下，我花 300 元买下了这些古物。

我最钟情的还是其中的一只铃铛。这枚微微地豁着口、看起来好像一只老虎口的圆形物什，怎么看怎么中意。我嗅得到它身上历史的味道，这里是古代"丝绸之路"的必经之地，也许，三千年来它一直挂在一只云南矮种马的脖子上，随着马帮穿越德宏进入缅甸、泰国，最后到达印度和中东。这些地方我没去过。但我嗅得到它的身上有马的汗味，夹杂着马锅头手里的烟草味，还有劫匪子弹擦过时的火药味，甚至有和马锅头相好的女人的胭脂味；它见过蜿蜒的大山，见过坚固的城墙，所以说它见多识广，一点也不过分。再说，我读过万卷书，却没有走过万里路，而这只小小的铃铛，见识比我多，走过的路也比我长。想想看，小马儿摇摇脖子，它便发出一声脆响，优哉游哉，一路晃荡，叮叮当当，好不风光。矮种马个头不高，耐力超强，夜黑风高，铃铛做伴，马锅头抚着马头，玩着铃铛，嘴角带笑，额头冒汗。它的颜色由于马锅头的过于喜爱，天天摩挲，再加上风吹日晒雨淋，渐渐从当初的金黄变成墨黑，有的地方还起了铜绿，但它的声音从没变过，无论是数千年前的赶马路上，还是寄身在古玩店里的岁月，或是放在一个毫不相干的陌生人家里，它的声响都是同样悦耳，一样响亮，它不挑主人，不挑地点，就像无声无息的岁月，无论你是王侯将相，还是平民百姓，只要你摇它一下，什么样的手它都回报一声脆响。就凭这一点，我就喜爱上它了。

我将这个穿山林越江海不问贫贱的带着灵性的小小物件，栓了一根丝线挂在我家的窗前。夜深人静的时候，我抚摸着它，感受到一种由马帮延续过来的生命的气息。而当清风袭来，铃铛就一阵阵喧响，让人想起当时路过姚州的情境，时间久了，会分不清现实还是梦境，晚上做梦，铃铛的响声愈加洪亮，"叮当叮当"，很远都听得到，谁能说得清，这究竟是 21 世纪的春风作弄，还是古姚州的马帮撞响？

苴却街

20世纪70年代中期到20世纪80年代初期，永仁县城人口仅仅万余，是个名副其实的"小县城"。街道也没听说有什么名称，因为那时候整个县城就一条街，也就是大家所说的"苴却街"。汽车很少见到，拖拉机和手扶拖拉机是最常见的交通工具，当然还有毛驴车、马车，马车由四匹马拉着，前呼后拥，从县城呼啸而过，很是威风。除了街天，平时人很少，路边就有人在邮电局前面的泥地上，随便铺上一张塑料布，将芭蕉、白菜、苦瓜、黄瓜、四季豆什么的放在上面，这就算是"摆摊"。

一条苴却街，其实就是一截"猪大肠"，换句话说，一条千米长的街道，自上而下贯通。街道既然是一根肠子，自然就可以从中间切成两截，甚至三截。顶端直达烈士陵园，周末放学我们会到上面去转转。有时，我会俯下身来，读读墓碑上的文字，比如"李某，男，卒于某年某月"，算下来仅仅十七八岁，想到如此年轻的生命，与我们差不多的年纪，就在地下长眠，我会忍不住坐下来陪他们说说话。盲肠的部位，是客运站，那时候，从乡下来到县城，是没有公交的，靠的都是两条腿，对于能够乘上班车出门的人，自然是十分羡慕。偶尔我也会到远在元谋县石膏矿上班的父亲那里一趟，能够挤到热烘烘的班车上，幸福之感便油然而生。再往下到"大肠"的中段，就是热闹繁华的市区了。这里是个丨字路口，往右走，是黉学庙，据说有孔子像，但我从没见过。

派出所往下走一些，位置属于阑尾地带，但绝不是可有可无——因为这里有电影院。一到晚上，就异常火爆。电影不常有，但只要有新片上映，售票窗口必会排起长龙。有一次，听说要放《孙悟空三打白骨精》，我一夜无眠，第二天一大早便忙着跑去排队，但排到我的时候，票已售罄。看到我垂头丧气的样子，父亲说，他去想想办法。到了晚上，他叫我去电影院找"李叔叔"。这个"李叔叔"真有能耐，开映之前专门为我增加一张"站票"，就让我那样站在过道上看完一部电影。因为看到了自己期待已久的电影，我没有疲累感，反而十分兴奋。后来我才知道，这个"李叔叔"是电影院的经理，给我发放站票，其实是因为我父亲认识他，找他走了后门。在那个时候，这可是一个天大的人情。

苴却街上最为繁华的路段，属于结肠那一段——百货大楼附近。百货大楼当时是国营的，买尺花布什么的都要"布票"。百货大楼下面有两间小房子，是食品公司的铺面，里面只有一样东西卖，这便是猪肉，当然这也少不了"肉票"。因为肉票奇缺，因此这里平时门可罗雀。

使用票证的地方老百姓很少涉足，相比起来，食品公司铺面旁边的一间包子铺，倒是十分火热。这里的包子"个头"都不小，一个个又大又胖，足有巴掌那么大。当你路过包子铺，看到有人买了热包子，还在冒着热气，一边呵着，拿在手里不停地颠来倒去，那种诱惑啊，很难不咽口水。虽然对于一个月工资仅有一二十元的"国家干部"来说，那时候五分、一毛钱一个的糖包子、肉包子也不算便宜，但偶尔"奢侈"一回者大有人在。像我这样的穷学生，是从来没有胆量走进包子铺的。我姐姐是工人，属于那个年代的"有钱人"，一次她到永仁一中看望我，遇上我期末考了好成绩，说是要犒劳我，于是便带着我到包子铺买了四个包子。当时她身边还跟着两个不到十岁的孩子——我的侄儿、侄女，但我没注意到，当她递给我包子的时候，我一把接了过来。包子一共四个，用一个纸袋装着，有点像中药铺里拣好的中药。我接过包子的时候，眼睛里就只有袋子里的包子，拿出一个，两口就咬完了；再来一个，又是两口。就这样，四个巴掌大的包子，不到两分钟就被我报销了。姐姐家的两个孩子站在旁边，是不是流口水了我不知道——后来我也是经过姐姐提醒，才注意到他们的存在的。好长时间，姐姐一直拿这件事取笑我，说我当时是如何如何不懂礼貌，如何如何垂涎欲滴……而我都是无言以对，因为我真的无话可说。

后来我家终于发达了——当然在此也只能悄悄地说，因为按照当时的观点，开公家的铺面赚自己的钱，肯定是来路不明。这时候已经到二十世纪八十年代初期。商品经济的春风，也刮到了苴却街这个偏僻之地。忽如一夜春风来，千树万树梨花开。永仁这个弹丸之地，商品大潮也是遍地开花。这不，苴却街上，原本只有"国"字号的铺面，也逐渐面向乡镇企业甚至私人开放。"永桥酒"是苴却街上的名牌企业，最早抓住了商机。这不，他们在永仁县最繁华的路段——派出所对面，租到了原本属于"公交局"的一个铺面。这个铺面的"掌柜"是我父亲，因为他此前一直在酒厂搞供销。接到酒厂厂长老罗的任命，我父亲异常兴奋，制定了以酒为龙头，盐巴、辣椒日用品以及乱七八糟的土特产一起上的经营策略。"永桥酒"虽然是散装酒，但由于全部是纯粮酿造，绝不掺假，因而在我家乡口碑很好，逢中秋节、春节，来这里打酒的客人排队的长龙延续到对面的派出所门下。因为商店是承包下来的，我们全家齐上阵。母亲不识字，但心算很快，于是负责收款；我和妹妹放假回家，当然就是最好的"伙计"，一人一个酒提，妹妹负责半斤以下的小客户，我负责半斤以上的大客户。从早忙到晚，酒客络绎不绝。当时商业的盛况，一句话实在难以形容。除了卖酒，我还利用假期，到很远的福建石狮批发"难民服"——就是进口的别人穿过的旧服装；到昆明的烟店一元一包批发"春城牌"香烟，到永仁可以卖2元钱一包。我不知道，这样的行为算不算"投机倒把"？第一年盘点，不但没有差账，居然莫名其妙地多出来三千多元钱。究竟是怎么回事呢？我们抱着头想了半天，也没弄明白。多出来的钱怎么办？当然是交公。于是，这一笔"余款"也就分毫不少地交到了酒厂，当然，我从外面批发回来的物品差价，有的就成了我们的利润。

"不是承包了？怎么还要上缴？"我很想不通，但在改革开放初期，上缴才算正常行为。你要是敢揣在自己的兜里，那一定就是贪污。这在当时是一种很严重的罪行。

四方街

天圆地方是中国人的哲学，但在永仁人的词典里，似乎少了一个"圆"字。永仁最高的山叫"方山"，最大的街叫"四方街"，无不是方字当头，以方为荣。联想到这里的土特产苴却砚，造型虽然圆润，但材质却是硬邦邦的……这一切，是不是多少透出几分永仁人的个性？直来直去，从不拐弯抹角，方而不圆，吃软不吃硬——古人说"峣峣者易折，皎皎者易污"，这样的性格让很容易永仁人吃亏。好在永仁人不怕吃亏。

要说四方街的历史，看看街心那两棵老掉牙的大青树，就可窥见一二。这两棵参天大树长在四方街的正中央，树身粗壮，差不多要两个人合抱；树皮粗糙，仿佛被岁月磨出老茧；盘虬的枝丫四散开，有如千手观音的玉臂。大青树是学名，它的小名叫"黄角芽树"，"黄角芽"主要是指它开出的花朵：初春，在大树的枝丫或尖稍上，会有小拇指大的嫩芽伸出来，黄黄的，像一只水牛的犄角，其实它不是嫩芽，而是花苞；一场雨水过后，花苞渐渐撑开，成了一把把小黄伞，把大树点缀得五彩缤纷。此时的大树，就成了鸟的世界。清晨，麻雀们在树上争吵不休，唇枪舌剑，你来我往，十分激烈。有时，一只麻雀会瞪着眼，叽叽喳喳地数落对方，斗得羽毛都竖起来，逼急了，输的一方猛地跳起来，掐住另一方的脖子，并使劲往下摁，被摁的一方拼命挣扎，羽毛纷飞。一旁的鸟儿纷纷起哄，你一句找一句，个知说些什么。仲夏时节，大青树结籽，密密麻麻的果实，红得十分诱人，这时候便有小鸟在枝头跳来跳去。"它是在数果实呢。"我的一个同学说。"那么多果实都能数得清，它是陈景润的徒弟吗？"那时候我们刚刚学过课文《哥德巴赫猜想》，对大数学家陈景润佩服得五体投地。一只小鸟都有如此大的本事，不能不让我们心生敬意。我们在树下窃窃私语，直到一粒果实落下来，看到上面小鸟啄食的痕迹，这才恍然大悟：原来鸟儿不是在数数，而是将种子当作了自己免费的午餐。

不时有鸟粪落下来，溅在青石板的路面。青石板铺成的道路，虽然狭窄，却十分古朴，人走在上面，偶尔有点磕磕碰碰，但也不至于跌跤，很贴脚，很温馨，有一种怀旧的感觉，时光仿佛也在脚步的"啪嗒"声中，拨慢了时针，变成了一个碎移莲步的小脚女人。遇到下雨，雨水在石板缝里淤积，落脚的时候会溅起水来，湿了裤脚，湿了情绪。

现在我顺着斜坡往下走，就来到了著名的四方街。路的端口，是一排低矮的土坯房，里面住着永定镇的居民。有时，你会看到古旧的朱漆木门吱呀一声打开，院子里种着柿树或石榴，树下有女子刺绣或男人坐在矮凳上吸水烟筒。这样闲适的场景仿佛一幅画，再现了四方街千百年来不老的风情。到这里基本是坡脚了，但坡脚都不是尽头，而且也并不寂寞。由于这里有不少单位的宿舍，再加上供销合作社，因此热闹异常。这里还是个十字路口，从东到西分出了两条岔路。一条可以走到桥头寺，另一条经过龙头山通向我老家"维的"。这些地名很怪吧？我以为是彝语译成汉语之后的后遗症。真正的四方街其实也就一个足球场大小。中间以我们上面说过的大青树为圆心，被民房、供销社，还有当时永仁唯一的一间餐馆"永仁食馆"所包围。先说供销合作社。这是个三层小楼，在二十世纪七十年代，已经是这个县城的标志性建筑了。最高的一层大约是储物间或是住宿地。一楼卖香皂、洗衣粉之类的日用百货，二楼是高档货——主要有花布、床单，还有当时很稀奇的灯芯绒、的确良。当然，我来这里不是为了买东西，对于一个来自山区的穷学生，我们到这里最多只能饱饱眼福。时常，我的兜里揣着的，不会超过 5 毛钱。我没有钱，但我喜欢钱。于是，我就经常在楼上楼下逛逛，逛的时候，别人看橱窗，我的眼睛盯着地上。对了，被你猜对了，我的目的就是为了在地上捡钱。一分两分的收获还是有的，有一次，我甚至在通往二楼的窗台上发现一张面值 10 元的大钞。这差不多是我半年的伙食。发了这么大一笔横财，我准备到下面的"永仁食馆"开怀畅饮一回。

供销社的对面就是餐馆。来到这里，我狠下心点了两个炒菜、一碗汤。要在平时，我只舍得吃一个素菜，或是一碗汤。素菜是一毛，汤是五分；肉就很贵了，要 5 毛以上。我心里想着，今天这个盛宴，我一个人吃实在浪费，于是不打算很快吃完，而是慢慢消耗这两菜一汤。我看着面前的一盘炒茄子、一盘青椒洋芋丝，还有一碗白菜汤。有钱的感觉真好。摸摸兜里，花去了两毛五分，兜里还剩下九块七毛五分——我还是个富人啊！正在我独自偷着乐的时候，进来了一个大婶。她看见我半天不动筷子，说了一句："是不是菜不好，咽不下饭？"这个婶子姓李，长得高大壮实，她的先生是电影院经理，也是我父亲的朋友，原来听说她在食馆工作，没想到今天会碰到她。李婶是风风火火的性格，一边说着话，一边就到里间的厨房给我端来一大碗排骨。放到我面前的时候，还在冒着热气。"赶紧把这碗排骨吃了！"她笑着对我说。"这是给我的吗？"李婶已经转身进到里面去了，我心里还在疑惑。幸福来得实在突然，我抄起筷子，开始品味排骨，吃了一块，发现盐巴有些淡，于是将嘴唇凑近碗边，轻轻喝了一口汤，还是没有任何味道——真的没放盐。这么一碗美味佳肴，没盐怎么吃啊。那时候我就是一个十三岁的乡下少年，不敢开口，只有硬着头皮吞了这碗排骨，甚至还喝光了汤。这时候我总结出一个道理：排骨虽然是个好东西，但如果不放一点盐巴，也真是食不甘味。

我这里是食不甘味，但四方街绝对是个美食天堂。看看拴在一旁树枝上的那么多的骡马牲口，就知道今天是个街天。四面八方的乡人涌入四方街，各种声音混为一堂：遇到故友大声打招呼的声音；购买山货土产讨价还价的声音；父母不给小孩买东西引得孩子哭闹的声音；一旁坐着打牌的大声甩扑克的声音；当然还有大青树上的鸟鸣……嘈杂的音响在这里混合，真正诠释了"热闹"这两个字的含义。热闹的当口，离大青树不远的地方，羊汤锅煮沸了，飘过来一股羊肉夹杂着花椒和干辣椒的浓香。用不了多久，这些香浓的美味就会沿着马锅头的大嘴，走进他们的胃，浸润寡淡的味蕾。此时，大青树下，熊熊的柴火之上，一口土坯架起的半人高的大铁锅里，整整一只山羊，被砍成了巴掌大的坨坨肉，经过两个小时的熬煮，已是香飘万里——有点夸张了，不用飘万里，只要飘过来一米远，就到了我的鼻孔里，因为此时我就站在一旁。我知道山羊被煮熟了的味道，一旦吞下一块，那是要让味蕾打好几个滚的。当时我在县城求学，口袋里有限的钱币是要留着买书本的。四方街的肉香啊，只能随着我走远的脚步渐渐淡去，也许它还会更浓——那应该是在我美美的梦里。

罗坝

这是莲池乡地界上不大不小的一块平地。考证"罗坝"这两个字，"坝"是平坝的意思，在到处是山的苴却，平坝就是宝；罗呢，彝族语音中老虎读作"罗"，那会不会是因为这里四周是山，曾经是虎狼出没的地方？

现在，孤零零的山头上，矗着一圈孤零零的房舍，这就是罗坝。罗坝是学生们的"劳动农场"，是二十世纪七八十年代永仁一中学生干农活的地方。我记得每年初春或金秋，每个班都要轮流到这里"值班"，或是春播栽种，或是夏锄拔草，或是秋收金果……每个季节，这里都很热闹，老师带着学生，放下书本，立地成农。当然，要说完全就不当学生了也不尽然。一天之中，有时是上午上课下午劳动，有时是上午劳动下午上课，所谓"半工半读"，就是这个样子。厌倦了书本的莘莘学子可以在这里接地气，吃腻了大食堂伙食的学生可以在这里吃上新鲜蔬菜。基于这个原因，那时候的学生从来没听说过谁厌学。早晨，无须开窗，便能够听到小鸟动人的叫声；足不出户，阳光便不请自来。住宿地的后面，是一大片森林。有时，耐不住寂寞的牵牛花会把手伸到屋子里来，牵出一朵红的或白的花朵，给我们传递春的消息。

到罗坝，先有一段大马路，从道班旁边经过，然后到桥头寺。石桥的两边长满灌木，仿佛是石头生出的胡子；"寺"的印象早已淡薄，只记得桥头就是一家酒厂，生产的酒叫"永桥酒"。因为我父亲在酒厂上班，对这里就很熟。印象最深的是酒厂的厂长，名叫罗承禹，形象高大威猛，说话高声朗朗，行走如风，目光如炬，高鼻高颧骨，脸庞黝黑，一个典型的彝家汉子。他的酒量也很好，大碗喝酒，大块吃肉，性格十分豪爽。不知他从哪里搞的配方，研制的纯粮窖酒酒香独特，酒味绵长，喝后不打头，有一种茅台的感觉，因而被誉之为"彝州小茅台"。这是后话。经过罗坝的公路，到了桥头寺就断了，一条羊肠小路沿河而上，狭窄陡峭，雨天湿滑，我们扛着锄头、铁锹等，一路唱着歌，行进在通往山岭的小道上。每次从罗坝返回县城，我们都要高歌"日落西山红霞飞，战士打靶把营归，胸前红花映彩霞，愉快的歌声满天飞……"扛着锄头，边走边唱，俨然一群打靶归来的战士。

记得中学时，有个语文老师将写作文比喻为"生孩子"，将构思与酝酿过程说成是"十月怀胎"，这个比喻十分形象生动。生孩子是女人的事，但写作文却不论男生女生，正因此，作文课上，我便常常"难产"。在罗坝劳动，劳动可以成为写作的素材，因而语文老师最是兴奋，每次干完劳动，老师都要布置"现场作文"。记得有一年，我们去罗坝参加秋收，第二天，教语文的陈华科老师便出了题目《秋收》。我历来语文基础知识奇好，作文却奇差，一到写作文，平时学过的词啊句啊仿佛长了翅膀的鸟儿，在我面前烟消云散。和我抓破了头皮写不出一篇好作文不同，女生们却能妙笔生花女生的作文总比男生厉害。我们班也一样。比如那次现场练兵，女生张梅蓉的作文，写我们在罗坝如何掰苞谷，同学们如何在原野上活蹦乱跳，如何将苞谷像天女散花般丢进背篓，又如何在苞谷地里嬉戏打闹笑语声喧，凡此种种，将罗坝秋收的喜悦写得活灵活现，老师将她的作文在语文课上读了，表扬了不止一遍，张梅蓉的作文成了我永远无法企及的高度。我听了十分沮丧，觉得自己一辈子都无法写出这样精彩的文章了。劳动改变生活，劳动塑造人生，劳动也最能显示出一个人的品性。正是罗坝劳动，让我发现了不怕脏不怕累能挑大粪的同桌龚爱民，干活从不偷奸耍滑的班长老韩，巧干加苦干只为省点时间到大树背后偷看一眼数学公式的孙祥，戴着深度近视镜干活像做作业一样一丝不苟的樊永勤，一天乐呵呵从不喊累不知道是不是神仙下凡的小永蜀……当然，由此也进一步认识了力气有限、有时不得不耍小聪明找借口到溪口边喝水其实是想偷一阵子懒的鲁迅先生称之为"小我"的那个人。

最值得一提的是秋天。这是个喜悦的季节。喜悦源自田野，在我们身上发散。每一粒稻谷都是喜悦的子弹，击穿你的目光，击穿你的心脏。割好稻子，用打谷机脱粒，一开始是大斗似的一个木缸，后来安了轮子和传送带。打谷机一响，人就疯狂。幸好不是电动机器，脚踩的踏板，刚好适合我们宣泄心中的能量。有时我会担心，这小小的打谷机，会不会被我们的疯狂踩成两半？脚下的地球，会不会因此而震颤？手中的这一把小小的稻谷，是秋天为了庆祝自己的生日，而发放给我们的经过精心挑选的道具吧。风从稻田深处吹来，带着稻穗燥热的气息。正是一个个这样的季节，带着我们走向成熟和饱满。

吃过晚饭，我们喜欢到后山上撒野。运气好的时候，路边的灌木丛，会爬着一株两株黄泡果，熟透了的果实金光灿灿，充满了诱人的清香。四月有野草莓，爬在田埂边的杂草丛中，你需要蹲下身去细细搜寻；六月有杨梅，酸得掉牙的那种，男生吃了龇牙咧嘴人变鬼，女生吃了直喊过瘾鬼变人；七月有黑果罗，果实圆圆的小小的，肉软核硬，一咬一口黑汁，吃上一把，连牙齿都给你染了，似漆似炭……但少不更事的我们更喜欢用黄土作战。刚下过雨，松软的泥土裸露在外面，我们一个抓起一把，你掷过去，我掷过来，痛得嗷嗷叫，乐得哈哈笑，一个个晚霞浸染的日子，就这样在我们的嬉闹中度过，伴着调皮，伴着欢乐，伴着罗坝农场的一个个春秋冬夏。

在罗坝，虽然我们少读了几本教科书，大自然成了我们最生动有趣的书本。春天，我们读和风晓畅、百花盛开，播种的原野满是阳光；夏季，我们读秧苗青青、小溪潺潺，绿色的稻禾洋溢着青春和希望；秋天，苞谷成熟，瓜果飘香，巨大的喜悦让我们沉醉，让我们疯狂……回到教室，好久好久，我们的课本里还散发着泥土的气息、麦穗的清香，这是一群无意间走出教室的少男少女对土地、对庄稼的别样的情感、深深的眷恋。恢复高考后，"半工半读"的制度被当做无用的盲肠割掉了，同学们远离农场，远离劳动，回到吹不着风淋不着雨的教室。伴着书声琅琅，学习成绩竿头日上。但是，那种"锄荷日当午"的体验没有了，少年老成，一个个变得老气横秋，渐渐地，厌学情绪像是粪池边赶不走的苍蝇，萦绕着寒窗苦读的学子们。学生参加劳动究竟是福也？祸也？一时真的难以找到答案。

美丽的罗坝，遥远的农场。如今，虽然已经人到中年，当年因为教育制度的"不完善"得以在这里进行"劳动改造"的一群懵懂少年，仍会时时将你想起。经过三十年的沉淀，罗坝，你不但是我们青春岁月的农场，还是我们记忆与快乐的农场——有生之年，我们永远将你怀念。

凤山

"羽虫三百六十，凤为之长。"凤者，神话传说中体型巨大的神鸟。"望子成龙，望女成凤"，永仁一中选址凤山，可谓煞费苦心。

1976年，我从夹皮沟来到县城，来到我梦寐以求的县城最高学府——永仁一中。那时候的一中还很小，占地不过三五亩，地势高高低低，房屋横七竖八，道路逼仄难行，四处坟头高耸，最醒目的不是教学楼，而是一棵大树，以及大树后面山头上傲立的茅草房。这间茅草房就是我们住宿的地方。二十一世纪以来，有人说这样的建筑是冬暖夏凉的"空调房"，但要是二十世纪七十年代，你住过这样的"空调房"，还忍受过夏季雨水沥沥淅淅的侵扰、冬天寒风凛冽的敲打，你就再不会这样美化它了。走出宿舍，要下一个陡坡，然后是悬崖绝壁、小桥流水，这就是我们那时候的乡村中学。虽不见风，倒亦清凉。

更早的时候，这里还是豺狼虎豹的出没地。"永仁中学后边为满是坟地的荒山野岭。1957年，那里还有豺狼出没，白天可看到它们拖着长长的尾巴觅食，半夜可听到它们像小孩啼哭般的号声。"这是老校长梁达松老师退休后，在他的传记作品《豁达人生》中的描写。那时候，凤山上不但有许多旱地，还是一个乱葬岗，忽闪忽灭的"鬼火"会在黄昏或夜晚熠熠生辉。梁老师本是广东惠州人民，1967年从武汉华中师大毕业，自愿到永仁支援边疆教育，献青春献人生，他在风华正茂的年纪来到永仁，在凤山上听狼号叫，度过他的大半人生。像梁老师这样的园丁，在永仁一中不止一个，而是一大批。正是因为有了他们的无私奉献，凤山才能"桃李不言，下自成蹊"，蹚出一条独特的书山之路。

当然，住"空调房"的待遇，不是一开始就有的。刚入学的时候，我们住在一间奇大无比的木板楼上。踩着木楼梯，会咯吱咯吱地响，近三十个人一间，挤在一起，没有任何帘子遮挡，睡觉的时候，人人赤身露体，坦诚相见，大概正是这样一种环境，造就了同学们日后爽直真诚的性格。这样的住宿条件有它的优点，一是不需要架床，褥子床单直接铺在木楼板上就成。那时候我还没褥子，同学也没有，我们用一床草席铺平，再将被子盖在上面，就是准三星的床位了。二是没有贫富悬殊，人人垫的盖的都差不多，一床席子一床铺盖，就是全部家当。从通铺的这边看过去，一眼就望得到端头，完全一览无余。大多数同学的家都在贫困的山区，有时从家里来，还会带来一些土特产，搭配几只虱子，或是跳蚤，于是就会上演一场疯狂无比的捉虱、捉蚤大战，你跑过来我杀过去，把个楼板踩得山响，以致引起隔壁老师的强烈抗议。

幸好还有高中。这是1978年以后的事了，高考已经恢复。此时，我们的住宿条件有了质的改善，终于搬到了冬暖夏凉的"空调房"。这里虽说是茅草盖顶，有时会有屋漏的烦恼，但已经有高低床，住的人大约也减少了一半，更主要的，是听不见木板响，隔壁也再无稀奇可看。当然，茅草盖顶，土坯搭墙，老鼠是免不了的，蟑螂是免不了的，捉虱子也是免不了的，但离开了大通铺的"群居"模式，动静就不会那么大了。我住在上铺，那时候木头搭建的高低床较为简陋，边上也没有挡板，有一天早晨，醒来的我发觉睡在地上。旁边下铺的同学还在呼呼大睡。幸好我的睡眠好，睡在地上也不差。活动了一下筋骨，好胳膊好腿，十分庆幸。但这还不是我最牛的地方。那时候不知为什么，我突然发了小说瘾，逮到什么就读什么。在这个中学，我读完了图书馆里所有的长长短短的小说，究竟是几十部还是上百部，虽然没统计过，但也肯定不是个小数。图书馆管理员见到我，会主动对我说"又来了一本新的"，或是"新书还没到"，什么《烈火金刚》《甜蜜的事业》《钢铁是怎样炼成的》一概读过，更不要说《水浒传》《三国演义》《红楼梦》《西游记》这样的四大名著。

20世纪80年代初期，一中将自己的版图往凤山高处扩展，我们的教室需要更上一层楼——上一个高高的台阶，住宿条件也大为改善。这一年即将高考，但每天的午睡我仍是雷打不动。一天，我睡得迷迷糊糊，突然被人唤醒。睁眼一看，是大姐站在床边唤我。除了大姐，我看见她旁边还立着一个面容清秀的女孩，见我看她，女孩便笑了，笑眯了眼睛，笑容好像一道谜团。这一年，我顺利考入大学，姐姐于是揭开谜底：那个女孩姓张，是父亲的朋友"老张"家的闺女，来看我是相亲，虽然只看过一眼，但姑娘很满意，高高兴兴到我家帮助我母亲栽秧去了，等着我高中毕业就可以完婚。我听后吓一跳。也就是说，如果我考不上大学，就只能回家完婚，过安稳日子的命运了。

凤山上虽然驻扎着一支"捣蛋部队"，但他们依然是善良的、勤劳的。时代假以翅膀，他们就能飞翔。若干年后，这里飞出好多只金凤凰，老校长梁达松甚至以此为名，成立了给优秀学子的奖学金。由此观之，凤山上真正的"风水"，其实就是这一群辛勤的园丁，和他们浇灌下健康成长的莘莘学子。翻阅典籍，"凤"是传说中的鸟王，外围加上"风"字框，表示"跟随鸟王的大批鸟群"。是不是可以这样理解，我们这一群无法无天的小鸟，一直在空中乱飞，最后在"鸟王"的号令下，来到圣山中的某一个地方，也许就是教鞭指引的方向？

凤之能飞，乃以有翅——这翅膀，是老师给我们安上的。

2015年10月7日

父亲的"种菜经"

每次回老家，参观父亲的菜地是必修项目。

春天，一大片绿油油的白菜，密密麻麻紧贴着土地趴下身子，仿佛一群训练有素的士兵匍匐在地，似乎只要一声令下，就会一跃而出。站在地头握着长把瓢的父亲，俨然一个威武的将军，上下挥动的水瓢，便是这个指挥官的宝剑。夏季，疯长的茴香树和南瓜藤紧紧纠缠，如同两个摔跤手抱在一起，相互撕扯，难解难分。父亲是一位公正的裁判，只是，他的权威似乎不受重视，无论发出多么大的吼声，两个赤膊上阵的家伙，没有一个人率先松手。最为精彩的要数秋天，不但有瓜熟果黄，还有番茄的红，更有高远的蓝，丰富的色彩足可以装点江山，最后打扮出来的父亲如同一个"戏子"——挽着一篮满溢的果蔬隆重登场，趾高气扬的神情如同一个帝王。此时，我是这个舞台剧唯一的观众，父亲要对这个他特意从省城邀请回来的粉丝，表演一出"种菜经"。

父亲喜欢种菜，经常将"农民"二字挂在嘴边，但其实，他充其量只能算半个农民。父亲有一个特点，他种的大多是他感兴趣的蔬菜，也就是说属于"选择性"的种植，这样，被他划定在种植范围的菜品不多，每选一个品种，他都要静下心来认真考察、认真研究，或许正是这个缘故，父亲种植蔬菜，就种出了许多有趣的"故事"。

父亲的菜地就在县城小区门口。这里原来是一个水沟，被环卫工人拉了些石子填平，但植树树不长，撒花花不开，属于农民不爱，工人不睬的地段。父亲起早摸黑，挖泥刨土，每日里弓着腰捡石头，干得不亦乐乎，不知从哪拉来泥土，硬是将一个废弃的深沟填成平地，直到可以在上面完成他的布局。前几日我回老家，又一次应邀参观他的菜地。父亲指着几株刚发芽的山药，骄傲地对我和妻子说，"看看这些优良品种，我买这些幼芽可是费了一番功夫呢！"山药种植一般要以老山药的嫩芽做种子，这样山药才能又大又肥，可是要取得这个"良种"，很不容易。父亲告诉我，那天他到菜市场寻了半天，才看见一个农民面前堆满山药，当他提出只想购买山药的嫩尖时，卖货的人不干，他要整个地卖，父亲于是专拣小的买，称了一斤。"他要 4 块钱一斤，可你看看，我种了这一大片，也没有花多少钱！"父亲得意地讲起这一切，高兴得眉飞色舞，仿佛一个第一次学会种地的农民。临走的时候，父亲摘了两个偌大的南瓜，嘱咐我们一定要带走。因为车厢里早已放了过多的柿子、板栗，又有一大筐新鲜的洋丝瓜，我们就说南瓜不带了，就这一句话，父亲闷闷不乐，直到我们告别也没给一个笑脸。

有一次，父亲到省城看望我们一家，才到家门口，就大声嚷嚷着要我们出来帮他扛东西。我连忙跑出来，看到他呵哧呵哧的，背了一个大背篓。到住处将背篓放下来，父亲小心翼翼，从里面抱出两颗巨大的白菜。看我和妻子一脸惊讶的表情，父亲得意地说："怎么样？没见过这么大的白菜吧？都是我种的！"其实我们的惊讶，不只是因为白菜的大小，还因为父亲老远来看望我们，背的却不是什么宝贝，而是两颗在一般人看来值不了多少钱的白菜。但这样的话谁也不敢说出来。席间，当我们一致夸父亲的白菜好吃，他就更得意了："那还用说，你们城里种菜都用化肥，哪像我这盖的全是鸡粪！"

在我写这篇文章的时候，父亲接到我的电话，听我问起他的宝贝山药，更是滔滔不绝，"都长高了，长得快的已经有一人多高，有的还发叶了呢"！山药是父亲每年必种的大菜，父亲的山药心子是黄的，有一股子淡淡的药香，长得圆圆的，形状像个大土锅，我们叫它"土锅山药"。种植山药是父亲的拿手好戏，但这个"土锅"很难伺候，种植之前，先要挖坑，而且坑要挖得足够深，否则山药长不大；坑底要垫石块，这样山药才不至于拼命往下钻，长成又细又长的不良形状；最后当然是肥料，鸡粪羊粪什么的都可以往里倒，但量要适中，既满足植物的营养需要，又不能过量将其"呛死"……这些种菜经都要念好，才会长成好看的"大土锅"。当然，这些对于父亲来说，都不是什么难题。父亲当过医生、搞过销售，对于计算啊技术啊基本是烂熟于心。对于山药的种植与呵护，父亲的细心如同养育儿女，不，比养育儿女还要用心。

记得在老家的时候，父亲就对种山药上了瘾。那时，我和弟弟妹妹还小，每当山药种下，我和弟弟妹妹便天天守在土堆前，等着它的小芽拱出土层。遇到干旱的时候，没有雨，山药无法长出来，我们便尾随着父亲一趟趟往地里扛水，直到小苗儿抽出嫩芽，仿佛小鸟的嘴，承着露珠，接着阳光，一天天"噌噌"往上蹿。小芽萌发出来了，在新鲜的泥土上面，在和煦的春风中，顶着阳光，顶着腐败的落叶，鲜嫩的芽尖儿红红的，一天天拔高，如同婴儿的小手，在阳光下摇动。渐渐地，光秃秃的茎秆上长出叶子，一开始是细小的、红色的，随着阳光的抚慰，大概是吸收叶绿素多了，便开始泛绿了、长长了。这样的成长如果顺利，到了秋天，只要一把铁锹，就可以从地上刨出一大堆滚圆的果实，这对于山村里时常忍饥挨饿的一家六口，有着不轻的分量。

其实，父亲不是正儿八经的农民。准确点说，他的身份是教师、医生、商品推销员。早年他在我们村子里教小学，二十世纪五十年代，父亲又当了公安兵，后来据说还干过生产队的会计，但时间都不长，他的职业生涯，主要是在一个叫"大弯子石膏厂"的集体企业做医生，最后厂里缺销售，他又开始跑供销，二十世纪八十年代经济浪潮袭来，父亲再一次转行，开了一个小店，将"永桥酒"卖得风生水起。我列举了父亲所有的职业，这里面，都没有"农民"这两个字的影子。从这个意义上说，父亲种菜最多可以算是"业余爱好"。让我敬佩的是，父亲一生多次转行，但每一次，似乎都有一定起色，一个业余选手想要获得成功，一定要比专业选手有更多的付出，这一点，父亲做到了。我问父亲为何能够盘好菜畦，他有些不服气地说："你们兄妹四个我都拉扯大了，何况这区区一块菜地?!"

　　这样一种不服输的性格，或许就是父亲一生屡屡改行，仍然能够屡屡成功的不二法宝吧？

打猪草

大山不但高大雄伟，而且从不吝啬，比如猪草，就是它对我们的无私馈赠。

打猪草在我们老家叫"割猪食"或"讨猪食"，顾名思义，就是捡拾些菜叶、野菜什么的，供家里的小猪享用。老家的猪仔很有福气，我们给它吃的东西，要么是园子里新鲜的菜蔬，要么是野地里环保干净的野菜——而不像人们说的，吃的是"猪狗食"——当然，纵然是猪狗食，那也是现在城里人十分羡慕的生态有机蔬菜。

为了保证小猪们都能吃到新鲜的蔬菜，母亲在后院里种了很大一片"牛皮菜"。这种蔬菜肉质肥厚，有筋骨，而且易于成活，耐旱，更主要的是发攒快，今天摘了菜叶，明天就会长出来。这种菜我们在老家很少食用，但在城市却见菜市场有卖，一天我买了一些回家煮食，发现虽然味道有点怪怪的，但吃起来也别有一番风味。小猪能吃上这样的蔬菜，何尝不是一种福气？我们家的小猪长得很快，一大窝猪仔长大了，菜地里的菜叶就不够它们吃了。尤其到了秋天，百草凋敝，菜蔬也就奇缺，这样就要到生产队的油菜地里捡些黄菜叶补充，甚至挖些野菜。还有，要是母亲养的母猪下了猪仔，也要给它们添加食物。因此，外出"讨猪食"就成了一项经常性的差事。

白天，大人都去出工了，"讨猪食"这样的轻便活，就成了我和弟弟妹妹的分内事。有时在菜地里，有时在大山上，讨猪食没有固定的地方，因而我们也会借着这个机会，名正言顺地四处疯跑。比如到四五里开外的离家很远的水库脚下摘野菜，就是我们最乐意的快乐时光。

当然，并不是一开始我们就喜欢往远处跑。小孩子脚力差，虽然只有四五里地，却好像走了一辈子；大山天天见，却还是觉得高大无比，仿佛永远也爬不到山顶。但我和弟弟妹妹说是扯野菜，并不是一口气跑到目的地，而是边走边玩，边玩边走，累了，就在路边的石头上坐一会，渴了，就用树叶折成小瓢舀崖壁上滴下来的山泉喝，这样走走停停，一直磨到晌午过后，才会到达"遥远"的"起咪拉乍"。我们村子彝汉夹杂，地名也是稀奇古怪，虽然搞不清这些"乍"地名的确切含义，但知道都是在大山沟沟里。平时听老人讲古，说是这些山沟沟过去都是虎狼横行的地方，后来有了民兵，有了枪支，不但将这些山大王与"恶霸"一起消灭得一干二净，就是对人类没有任何威胁的山麂子，羽毛靓丽的野鸡，都被顺带剿灭。因此，本应是大山中绝对主角的这些小动物们，今天也成了一种难得一见的"传说"。当时，在大山之中，这些稀奇的动物我们时常见到，满山的植物更是郁郁葱葱，因此，我们打猪草也就格外得丰盛与方便。

生而为猪，既是一种不幸，也是一种幸运。从结局看，猪的生前不管如何风光，最后都逃不了挨宰的命运，这确实有点残酷；但如果你是一头生在我们老家的猪，那就另当别论。我们暂且不谈结局——那是一个还很遥远的话题。我们家的猪过的不是一般的猪的生活，每天吃的都是当今最流行的素食，而且绝对新鲜，绝对环保，这样的待遇你说级别有多高？

刚才我们说到的"起咪拉乍"，记得那是在一个很大很大的山坳里。四面环山，就像小鬼子被游击队包抄，这片肥沃的土地被山林围得水泄不通。可是奇怪，在一个密不透风的山坳里，就有了这样一块风水宝地，像是被先人忘了——个，应该是被先人发现了，从此它们就再没闲着，一茬又一茬，为这些先人和他的后代们提供取之不尽用之不竭的粮食。这样说有点不够全面，其实之所以取之不尽，是因为年年有先人的后代们在耕种。春天来了，高寒山的顶上还闪着积雪，甚至那些冬眠的野蛇还未出洞，我的父亲母亲们，就开始砍伐山上的灌木丛，架在地里等烧了。那时候，"刀耕火种"不是书本上枯燥的字眼，它是我们生活的真实写照。山火点起来，山风扇起来，噼噼啪啪的爆炸声中，虫子被烧死了，湿气被烘干了，到了二月，随手撒下的种子，在阳光下拔节生长，它们乘着春风的翅膀，在农民期待的眼光中，一个劲地往上蹿。二月小麦返青，五月洋芋开花，七月苞谷结籽，植物们一茬接一茬，赶趟儿似的春播秋熟。我们呢，这一群背着竹篮的"讨猪食"的娃儿们，也就在这些植物的春播秋熟中一茬茬收获着大山的馈赠。

外出讨猪食，还让我们长了不少见识。比如说，哪些野菜可以吃哪些不可以吃，哪些有毒哪些无毒；比如说，在油菜地了捡黄菜叶，让我知道了香油原来就是这些看起来腰身纤细的油料作物榨成的；还有，带露水的野菜据说不能采，小猪吃了会拉稀——虽然我从没见到过，也从没试验过，但小伙伴们都这么说，我就宁愿信其有。有一次，我还在水库边的山地里，见到一棵拐枣树。大冷天的，地里的苞谷都收完了，山上的树也落光了叶子，拐枣树就那样孤零零地立在一片偌大的山地里，看了让人印象深刻。据说，拐枣的果实还特别好吃。若干年后，当我第一次吃到拐枣的时候，就觉得特别的香，特别地甜，嘴里嚼着拐枣，心里闪着拐枣树孤零零挺立在寒风中的画面，这个闪回强化了我对拐枣在严酷环境中艰难生长的印象，我吃到的拐枣也就有了不一样的味道。

一开始，我对"讨猪食"这个称谓一直有些疑惑。后来长大些了，便渐渐明白，我们"讨"来的猪食，其实都是土地给我们的，大山给我们的，是大山和土地的馈赠，在云贵高原的大山之中，某种程度上说，无论小猪也罢，人类也罢，其实都是向大自然"乞食"的一群微不足道的生物，因此用"讨"来形容，倒也名副其实。因为有大山的呵护，我们不至于饿肚子，也因为有了大山的呵护，我们的生活变得有滋有味。

山村的少年很少有机会走出大山。在我上学之前，其活动范围基本上就是我家的一亩三分地——更确切点说，是我的父母围着他们的一亩三分地转，而我围着他转。上学后，开始知道外面的世界，但也很狭小，那个时候，不知道外面的世界究竟有多大，就想着哪怕能够走出山村一步，也就满足了。这样，打猪草就成了我们了解外面世界的一个平台。虽然那样的范围也还是很小，但只要离开村子远一些，就觉得很新鲜。也许，这是一个乡村少年认识世界的第一步。

说是"讨猪食"，其实讨到的绝不仅仅是猪食。登上大山，除了野菜，我们"讨"到的，还有山野的清风，头顶上温暖的太阳，满山遍野浪漫的野花，以及山路上追逐的童趣，树枝上喳喳的鸟鸣，甚至还有牧童稚气的大吼，河对岸粗野的情歌……这些是意外的收获，但正因为有了它们，我们的生活在简单的衣食住行之外，又平添了不少乐趣。

讨不完的猪食，其实就是我们收获满满的童年啊！

2013 年 11 月 27 日

光棍树

在我的阳台上，曾经有一棵光棍树枝繁叶茂，如今却空空如也。

在我心里的某个角落，曾经有个兄弟占据一席之地，如今空空如也。

我的弟弟在三年前离我而去，而阳台上的光棍树，则在三年后的某一个夏天，被我移出家园。

如今面对空旷的阳台，有时我会一个人坐着发呆。灿烂的阳光从东边的山头上照下来，先是照在我足尖的某一个地方，然后慢慢移动，掠过我的胸直到头顶，最后消失在看不见的虚空。

一

三年前，弟弟从老家给我带来一棵奇怪的树。

这棵躯树干笔直，枝丫不少，却没有一张叶子，更没有一片繁花，无数的枝条，纵横交错，仿佛一根根钢筋，搭成盖房子时的脚手架。

"这是什么树？"

"光棍树。"

弟弟将一根绿色的"棍子"我在的花盆里一插，告诉我说，只要隔三岔五地浇上几回水，过不了多久，它就会活起来。我按照弟弟的嘱咐，三两天浇一回水，心想反正就是这么一根枝条，如果死了，也没有什么损失，因而三天打鱼两天晒网，记得

的时候猛灌一阵，记不得的时候就任由它干旱。没想到的是，有
一天，居然看到这棵树不但没有枯萎，还在旁边又抽出了几根枝
条。知道这树不娇贵，后来我几乎就不当它的存在，只在想起来
时偶尔侍弄一下，它却不但活得健壮，几年过去，甚至顶到了屋
脊，成为我家阳台上最高的"大个"。

树是活起来了，我的弟弟却没了。

因为乙肝引发的肝癌、肝硬化，三年前，年仅四十五岁的弟
弟，突然撒手人寰，离我们而去。

如今阳台上空无一物，那些曾经的繁华已经散去，那些曾经
的快乐时光仿佛也随着鲜花一同凋零。

<h2 style="text-align:center">二</h2>

弟弟是一个热爱生活的人。

结婚后，他在小区批了一块地，盖一个小四合院。由于这块
地处在一块坡地的边缘，弟弟家的房屋依山而建。高处是全家居
住的住房，矮处则开辟了一块菜地。住房前面有一块空地，弟弟
便用石条子把它围砌起来，然后又在石条子上面种植了若干的花
草树木。从菜地到住处的过道旁边，围墙下面还有一小块地方闲
着，弟弟急中生智，在那里种了一棵无花果树，无花果长高了，
枝叶透过围墙，伸到了邻居家的院子里去。无花果结果了，邻居
也能从他家的院子里摘上几个品尝，而弟弟从来不予干预。

春天，这里便成为一个百花园，枣树柿树竞相比高，牡丹芍
药恣肆绽放。南瓜花也来凑热闹，从沿坎下面的地里顺着围墙爬
过来，一直攀上无花果的高枝，开出一朵朵金灿灿的黄花。这是
欺负无花果无花耶？

一进门，就能看得到高大的无花果树。春夏之交，无花果树
枝叶扶疏，蓊蓊郁郁，待到结果，压弯了粗实的枝头，全家老老
少少便一哄而上。弟弟爬到墙头，忙着摘果实；小的老的，便抬

了箩筐，在下面捡。好一派热闹景象。果子摘够了，弟弟便骑在墙头，望着下面呵呵地笑，一脸满足与自得。

其实有史以来，弟弟一直是家里被特别宠爱的"小幺儿"。小时候，这个被宠坏的小幺儿，肆无忌惮，调皮捣蛋，读书时不用心，在家时闲不住。小学没毕业，就开始混社会。我们四兄妹中只有他一个人在老家蹲守。如此，他的脾气更加顽劣，甚至到泼皮的地步。一次我从省城回老家看他，临走时给了他25元钱，见到母亲时，他居然跟母亲说，我见他一面没给他一分钱，这样的撒谎让我十分愤怒，要知道，当时我大学刚毕业，一个月的薪资也就50元钱。25元，已经是我半个月的工资了。后来他结了婚，经历了人世的沧桑，渐渐地性格也变得温和了，有一次我偶然发现，这个不喜欢读书的弟弟，居然买了许多农业科技之类的书。有时还读武侠小说，大概是武侠小说中的人物行侠仗义，可以无拘无束地在江湖上行走，这样的潇洒，对于一个常年在偏僻的大山之中生活的七尺男儿，也是一种自我理想实现的方式吧。

三

弟弟告诉我，这棵光棍树可栽可插，极易养活。虽然永远是一枝独秀，我发现它十分耐旱，就算十天半月不浇一回水，亦无忧，最后竟然能够顶天立地，长得比我还高，直达屋顶。它顽强的生命力，让我想起弟弟患癌后强烈的求生欲望。光棍树顾名思义，它不长树叶，只有一根树干孤孤单单直冲云霄，那岂不就是世间光棍的代名词？那有家有室的弟弟，为何要栽这样的树？莫不是弟弟的内心也一直感到寂寞？此时我猛然醒悟：四十五岁的弟弟，就是因为疾病凄凄惨惨一个人走了，如今他一个人在天堂，还会感到孤单吗？

弟弟是一个热爱生命的人。母亲最后的时光是由他守护的，那时候我曾想，有个弟弟在侧，母亲应该十分欣慰吧，一直以来，弟弟就是她特别宠爱的"小幺儿"啊。这样想着，我就与弟弟商量，在母亲最后弥留之际，让他陪在母亲身边。弟弟不但爽快地答应了，而且对母亲的照顾十分尽心，母亲患肝腹水，大小便失禁，伺候起来又脏又累，弟弟从未有过一句怨言。那天母亲走的时候，是个大清早，弟弟通知我赶过去，我看到母亲的神情，十分安详。弟弟因为这一段时间没日没夜照顾母亲，变得黑黑瘦瘦，看了让人心痛。

四

弟弟住院期间，一次大姐去看她，听说他得了绝症，就在那里号啕大哭，我听说了这件事，对大姐的行为很不满。我说："大姐你要哭，为什么不找一个安静的地方？弟弟心情本来就不好，被你这样一哭，他的心里会好受吗？你这样不是让他加重病情？"一天天看着弟弟被病痛折磨，一天天看着他骨瘦如柴，在他面前，我们只有强颜欢笑。一天我到肿瘤医院看望他，弟弟身体已十分虚弱，见到我们，他只说了一句话，他告诉我："大姐很久没有来了。"我刚要安慰，他又说了一句"大姐已经很久没有来了"，他的声音虽然很小，但我还是听清了，在他不大的声音中，那种对亲人的牵挂、对亲情的渴望是何等的强烈。

弟弟是一个十分注重亲情的人。曾经，听说我家里的菜刀，因为砍骨头卷了刀刃，过了不多久，居然给我送来两把菜刀，并告诉我，这是他亲手打制的。我无法想象，他为了打造一把刀具，自己买来炉子，找来废铁，添置柴火，狠劲拉着风箱，将炉火煽得很旺，一锤锤下去，大汗淋漓，取出烧得通红的铁条，经过一阵阵淬火，终于将一把小刀打造出来。就为了送兄长一把好刀，他宁愿将自己降格为一个匠人，一个浑身脏兮兮的铁匠，这样的弟弟，怎叫人不疼痛怜惜？

弟弟家的小院，空间不算很大，弟弟将其布置得生机盎然。

不但上上下下遍置花草，就是离卧室不远的露台上面，还种了一株炮仗花。这炮仗花，每到夏天，花繁叶茂，无论是屋顶上、屋檐下，都少不了它曼妙的身姿。在弟弟离去之后，更复灿烂，只可惜再也没人修枝剪叶，以至花枝乱窜，偌大的阳台竟然被它霸占了三分之一。想起弟弟临终前，就那样坐在花架下面的躺椅上，当时他的肝硬化已经严重，只能那样歪着身子窝着身子，蜷缩着像一个婴儿。记得他留在世间的最后一张照片，就是以那样一种姿势由我帮他拍下来。如今看到照片，看到花架下面空空如也，我常常会想起那个夏天的傍晚，踟蹰于花间，不时会想起那个晚霞烧红的西天。

光棍树没有春天。当春风拂过，万千杨柳在朝阳中吐絮；春雨滋润，娇嫩的花蕊在二月绽放；七月到来，唯有光棍树独立寒秋，瑟瑟秋风中，寒冷的不只是身体，更有孤寂如铁的内心。

五

与亲人朝夕相处，他的好处往往容易被人忽略。

我们家有两子两女，可谓好事成双。弟弟在世时，并不觉得他有多重要，尤其是我们家中只有他一个是"小学生"，只有他一个是与土地打交道的农民，最不成器，有时甚至会从心底看不起他。早先，母亲在老家，与弟弟一起生活，每逢春节，我们便呼啸而来，呼啸而去，风卷残云般在家里待上几天，高擎酒杯，山呼孝道，对父母有说有笑，对儿女热热闹闹，但对充当"主人"的弟弟，我们常常对他视而不见，仿佛他就是看不见的空气。

其实我们都知道，"打虎亲兄弟，上阵父子兵"，世界上有什么东西，能够置换血脉相连的兄弟？小时候，我们一起上山拾菌，下河摸鱼；成人后，我们一起计划未来，同沐风雨……同享父母颐养天年的欢乐，共欢子女喊喊喳喳的绕膝。"家国情怀"

中，家永远是排在第一位的，因而拥有其乐融融的大家庭，一直都是中华民族传统文化中人们向而往之的所在。

挚爱亲人，突然失去，才知道什么叫肠肝寸断的伤悲。

在日常生活中，对于亲人的照拂，我们往往认为那是理所当然，因而很少会觉得它有多么珍贵，更不会去过多珍惜。人生是否都是如此，对于寻常见惯的风景，再美好，都如同陌路，但如果有一天见不到了，这时候才惊觉，原来它竟是无价之宝。偶尔丢失一只手镯，都会让人感到惋惜，更何况是手足相连的兄弟？

时光如水，美好的时光更是稍纵即逝。

兄弟如手足，如今手足已经断了一只，能不痛乎？

谁能知道，痛失亲人，没有了滋养的亲情，犹如不会开花的光棍树，会有多么孤独寂寞，让一个人的岁月倍受煎熬。

2016 年严寒冬日

斑鸠菜

一只不知从哪里飞来的斑鸠，在空中画一个弧形，穿过群山，载着阳光，载着春天，停留在树枝上。从此，这里变成了它永久的栖息地。这样的景象你见过么？

斑鸠这种鸟，在我们家乡很寻常，早先的时候，动物保护意识差，人们还以打鸟为乐，斑鸠也就成了盘中的一道菜。民谚曰："斑鸠斑（帮）四两，鸽子鸽（割）半斤"，是以重量在餐桌上论这两种鸟的价值。意思大概是说，斑鸠味道虽然可口，但可以吃到嘴里的肉，还是比鸽子少些。虽然斑鸠是一种并不稀奇的鸟，但容易受惊，很少会"主动"停下来静静让你观赏，因而我对斑鸠的印象一直十分模糊。要是我告诉你，这只永久栖息的"斑鸠"，其实不是一只鸟，而是一种植物，还是一道菜，你一定会感到诧异吧？

母亲对斑鸠菜情有独钟。每到春来，总喜欢采摘一些回家，或放上干辣椒煎炒，或随意加点水煮沸，或稍微烫一下，加些酸醋辣椒什么的凉拌，无论怎么吃，母亲都认为很可口。我们好奇，也夹一筷子尝尝，却发现苦涩异常。后来成人了，再吃这道菜，苦虽苦矣，但自有别样的清香，因而也喜欢上了这道菜。我不知道，是不是不同年龄，人们的味觉会有差异，还是不同的生活阅历，也会影响到人的味觉，因而让人对菜品乃至菜的味道有不同的感受？

当然，母亲对野菜的喜好，不单单是对斑鸠菜。记忆中，家里煮的白米饭里，总是要掺杂苞谷、红薯、洋芋什么的，饥荒年月，蕨菜、苦菜花、水芹菜，都是常见之物，都是为了"菜当饭"，饭端上桌，小孩先舀一碗，母亲总是先吃菜，那时候的菜缺盐少油，味道并不鲜美。"蛐蛐蚂蚱都是肉"，有菜吃就算不错了，生活贫困，只要能填饱肚子，什么都是好东西。尤其在我们家，还有四张嗷嗷待哺的小嘴，真正好吃的、有营养的"好东西"，哪里轮得到母亲。这样想着，我们理解生活的不易，也就理解了母亲对野菜的青睐。

原本我以为这道名字怪怪的菜，是我们家乡的山茅野菜，名字大概也是乡下人随意起的，可没想到，在百度上一搜，居然还有这个名字。而且有图有真相。百度上说："斑鸿菜是马鞭草科赦桐属植物，海州常山的俗名，因叶大有特殊臭气，又叫臭梧桐。灌木或小乔木，高可达 6 米。广泛分布于华东、华中、西南等山区，1700 米以上山区有成片野生。"我家地处云南高寒山区，属于 1700 米以上海拔地区，当然也就会成片生长。不久前我们回老家上坟，就在老家的水沟边，发现了大片生长的斑鸠菜，我们好不高兴，采了许多回家，烧一大锅汤，美美地享用了一回。

某种程度上说，生活艰难时，吃这些苦涩的菜，是一种生活的无奈；生活优裕时，再吃这些苦涩的菜，那是因为吃多了油荤，想要换一种口味罢了。这样说来，不同的境况下，吃同样的野菜，情形不同，心情也是大不同的。生活百科介绍说，斑鸠菜"花果美丽，是优良的观赏花木"。还说其"根、茎、叶、花入药，有祛风湿，清热利尿，止痛，平肝降压之效。"对斑鸠菜的观赏性，我想母亲是不大会看中的，倒是它的医疗作用，想来对母亲会有几分吸引力。母亲身体一直不好，总是带着病下地干活，带着病招呼一家老小，这样带着病讨生活的日子，有斑鸠菜舒缓疼痛，既果了腹，又治了病，会不会就是母亲独钟斑鸠菜的原因？当然，这仅仅只是一种猜想。母亲已经去世多年，真实的情形究竟怎样，我们已经无法求证。

如今，弟弟家门口也栽了两株斑鸠菜。春夏之际，和风吹送，斑鸠菜摇曳着翠绿的嫩枝，等待人们去采摘。现在我们一家的生活好了，对斑鸠菜这道有些苦味的菜不以为意，真正懂得这道菜的人，已经离开这个世界，斑鸠菜再好，又有谁会赏识？正所谓：斑鸠飞来斑鸠菜，斑鸠再好无人知。

2016 年 11 月于永仁

方山脚下过大年

"方山方山四只脚，一只在仁和，一只在大田，一只在苴却，一只找不着，若是找着了，金银财宝用马驮。"这个民谣小时候就听过了，对于"找不着"的那只脚，心里总是怀着一份念想，幻想着要是哪一天，这只脚被自己无意中碰上，该有多好！

2019年1月30日，就在我寻找"这只脚"的时候，不知不觉来到方山脚下的一个彝族村寨——三家村。这是一个有着10户人家的小村庄。因为有关部门在县城附近盖了新房动员迁居，原本有15户人家，其中的5户搬走了。寨子人口不多，也就四十来个，都是彝族。历史上彝族时兴姑表开亲，表哥表妹不少，一个寨子里转来转去几乎都是亲戚。

传说三家村的三户人家，三弟兄都姓李，皆从大理来。老祖从大理带回一小脚女人，系大富人家姑娘，有丫鬟跟随，这里的人都称她老祖婆。老祖婆生五子三女，其中一子叫李玉昌，育有三个儿子，一个在姚安，一个来到桥头寺，还有一个到了这里，繁衍为三户人家。早先，清朝老太祖在朝廷做官，乾隆年间，从南诏大理国让骡马驮了金银首饰，一路来到方山脚下，看这里水土丰沃，于是便安居下来。民谣中的"金银财宝用马驮"，莫非说的就是这件事？但传说只是传说，谁也没见过这些财富。据今年62岁的李成荣家大伯李成科老人介绍，他的父亲李友金生了五子三女，日子艰难。1958年，尚且在幼年的李成科便陪着全家人吃苞谷饭，因为食不果腹，只有啃草根、挖山韭菜度日，一年中很少见得到肉星子，村子里不少人因为营养不良，全身浮肿，还有人因此饿死。

"最早的李姓三户人家都是同根——是同一个老祖宗，"李成科抿了一口酒，不紧不慢地说，"老祖婆在来的路上还带着丫鬟，因为路不好走，丫鬟一路哭，老祖婆狠心将其嫁到半道上的栗弄。后来老祖婆死于一次意外。据说是一次外出时，因为马受惊，摔死在老尖山下的田房——那里的山崖很陡。"由此看来，三家村祖先的迁徙史，其实就是一部血泪史。

三家村很有特点，就坐落在方山山麓。村子的四周，皆被大山围困，最大的一座山，就是雄伟的方山。远远望去，"四周皆方广而平正"，常年烟雾环绕，神秘莫测。大旅行家徐霞客这样写道："西界诸山俱自定远夹流分支，东北而尽于金沙江。其西北又有大山方顶矗峙于北，与金沙北岸'蜀滇交会'之岭，骈拥天北。"这个"大山方顶"，就是我们所说的永仁方山。徐先生认为该山"界金沙于外，抱三姚于中，与此西界回合，而对峙为门户者也。"虽然地理位置有些出入，但对一夫当关、万夫莫开"门户"的认识，倒是非常到位。神奇的是，这个三家村，正处于方山与麻栗树水库的交界处，麻栗树水库与方山纠缠在一起，水库头刚好在方山头，水库尾刚好在方山尾，远远看去，方山就如同游弋在水库中的一条巨龙，水库宛如一条雪亮的银蛇，长龙昂首，银蛇腾浪，伴随着三家村寨子翩翩起舞。

方山给人的第一印象，便是险峻。高山峡谷中，俱是千仞石壁，仿佛刀劈斧削，这个"刀""斧"，恰恰是一条条柔软的江河。莫说北岸的金沙江，就是南边的麻栗树水库，也是惊涛拍岸，绵延数十里水面。现在供应给永仁县城乡居民的饮用水，大部分来源于此中。

我们到达的时候，正是一天的中午。三家村隐约掩映在绿树丛中，对面一山如屏，横亘天际；山麓湖水清澈，如同明镜。早春二月，骄阳如火，从湖面上吹来的微风，却是凉爽至极，让人心旷神怡。

"来得正好,我们刚要去拿鱼呢。"看见我们到来,侄女婿忙将我们引到院中。进门的时候,我看到门上贴着一副春联:三家村70年沧桑巨变;水库水煮出幸福滋味。虽不太工整,倒也自然顺畅。正在琢磨对联中的意蕴,侄女婿的父亲李成荣,已然拎着装鱼的网兜,和家里人往水库边的小船走去。

这时我才知道,打鱼是要提前下好渔网的。原来,昨天晚上,侄女婿李俊宏和父亲李成荣,就已经在水库里支好网,在支网的地方,还要布下一些鱼儿喜欢的食物,这样,今天他们拿着网兜去捕捞的时候,才不至于空手而归。正说着话没过多久,李成荣便拎着两条活蹦乱跳的鲤鱼走进家门。

今天是大年三十,按老家的习俗,一般是不出门的。平时难得回老家一次,虽然是大年三十,想着顺便看望一下结婚不久的侄女(她的夫婿便是李俊宏),于是便给侄女打了个电话,她说自己在麻栗树水库边的夫家,热情地邀请我们来玩,一家人不说两家话,放下电话,我们便一路寻着过来。从县城出发,不过十多分钟,就到了三家村。

一边煮鱼,我们一边聊着家常。

因为我的侄女嫁给了李成荣的儿子,两家就成了亲戚。按照老家的习俗,我称李成荣为"亲家",称他的夫人为"亲家母"。经过交谈知道,亲家今年51岁,原在大理七里桥当兵四年,是师政委警卫员,1989年退伍回家,先在永仁县永定镇派出所工作,后又在县烟草公司烟叶站做辅导员十余年。现在他和亲家母都在县城从事物管兼保安、会计工作。过去,家里的生活也就是能解决个温饱,近年来,儿子承包了荒山,经济上一下就有了大的改变。

"对面山头的石榴园都是儿子承包的,足有108亩。"李成荣指着对面的山头,语气中显示出自豪。"我们家有5亩田地,加上果树种植基地就有100多亩,有人出80万想买,我们都没有卖。"山中的村民奉行"卖物不富,置物不穷"的人生哲学,不到万不得已，是不会轻易出售田地、房屋这一类固定资产的。

李俊宏告诉我们，他家的果树一共投资 13 万元，计有果树 4000 棵，其中石榴树 3500 棵、杏子树 500 棵，杏子树去年刚刚完成嫁接，到 2021 年，就会全面挂果，进入收获期。说到这里，李俊宏也难免有些激动，喜悦之情溢于言表。

李俊宏虽然出生在三家村，身上仍沾着"泥土味"，但其实早已不是一个传统意义上的农民。他前两年从楚雄师范学院艺术系毕业，是一个很有艺术细胞的大学毕业生，弹得一手好吉他。我的漂亮侄女王雯羽蓉由此对他一见倾心，不久两个人便喜结连理。这个搞艺术的侄女婿，还在永仁县城开了个乐器店，一边售卖乐器，一边搞艺术培训，闲暇时再回家盘田种地，可谓种地与育才两不误。

说话间，一阵鲜鱼的香味飘过来，仿佛为我们的话题助兴。

我问侄女婿李俊宏，既然大学毕业，又在县城有了自己的店面，为何还要回到三家村？

"现在我们村子条件好啊！村子里山清水秀，又环保，比县城还要自在，"李俊宏打开了话匣子，他告诉我们，去年政府投资，在村里做了净化水设备，还盖了垃圾场、文化广场。政府不但投资修建了排污沟，还每周安排人来拾垃圾。"再说现在耕地也不费力，我家有小金牛旋耕机。明年，我准备将石榴树灌溉全部搞成滴灌，这样就更省事了。"

到底是念过大学的人，想法跟老辈子不一样；他们做事情的方法，也和传统的农民大相径庭。有人说 90 后不靠谱，但我在李俊宏身上，不但看到了彝族人传统的吃苦耐劳精神，还多了一些上辈人缺少的眼界与气魄。

"要是你们四五月份来啊，苞谷长起来了，绿油油的，水库 7 公里半径内，都是景色无限。"李俊宏的话语热情洋溢，滔滔不绝。不愧是学艺术的大学生，把个乡村景色描绘得如同天堂。"一路上草长莺飞，春色满园，那才叫美！"

　　我们一边闲聊着，一边在村子中漫步。但见小小的三家村，街道都是水泥铺成的，十分平整；路边红红绿绿的花草，成为一种点缀；家家都是砖瓦房，房屋建盖有序，一看就经过规划……村容整洁，田舍俨然。

　　不知不觉间，天色暗了下来。

　　入夜，方山脚下，蔚蓝的苍穹，没有一丝云彩，只有几颗星星在眨眼。静谧的山村，不时听得到蟋蟀欢鸣。轻风习习中，一阵阵狗吠伴着厨房里烹饪的余香。大年三十的晚餐摆好了。按照彝家人的习俗，喂过小狗食，一家人围坐在院子里，水库里的草鱼煮好端上来了，土鸡煮好摆上来了，窑了三年的高粱酒捧上来了。好一桌丰盛的宴席。

　　都说麻栗树水库的水煮麻栗树水库的鱼，是三家村的一绝，在亲家的招呼下，我率先尝了一口，立时就被美味俘虏。许是沾了水库和方山的灵气，鱼儿极鲜，虽不能说是入口即化，但肉质细嫩，轻轻咀嚼，唇齿留香，再加上彝家人特有的蘸水，香辣中又有回味，要是再喝上一口热汤，那种余味，实在令人难以忘怀。这时我突然明白了，先前看到的春联"水库水煮出幸福滋味"，一半儿说的就是这种味道吧！

　　"来，一家人难得在一起，喝两碗！"亲家举起酒碗，豪爽地一口干了。彝家人都是大碗喝酒，大块吃肉。李成荣感慨，过去由于贫穷，就算是过年时节，也不得不节衣缩食，继承"传统"不过是一种奢望。现在，生活好过了，不仅仅是八大碗、鸡鸭鱼肉、山珍海味，除了天上的龙肉，想吃什么，就可以有什么。看着餐桌上一盘盘佳肴，清脆的碰杯声中，一句句祝福的话语，能够让你明白无误地感受得到彝家人生活的美好。

　　酒喝了两碗，便有些醉了，借着酒劲问李成荣亲家是否知道那首方山民谣？他听了先是一愣，接着哈哈一笑，道："谁知道方山的那'一只脚'究竟是有还是没有？其实，有没有这只脚都没关系，只要大家伙的日子好过了，谁还在乎那一只脚呢？"

这个回答让我豁然开朗。是不是可以这样说：这个民谣的存在，其实只是人们对美好生活的一种向往？民谣中的那"一只脚"，世界上原来根本就没有，如果一定要说它存在，那么是否可以说，其实它就在人们的心里?!

爆竹炸响了。一杯杯美酒，一声声祝福，将大年夜推向高潮。真可谓：爆竹声中除旧岁，一杯陈酒醉新春。

如今，方山的"那只脚"依然没有找到，但方山脚下的彝族人，不再稀罕传说中的"金银财宝"，他们凭着自己的一双脚、两只手，寻找到了一条宽阔的幸福路。在这个衣食富足的日子里，也许，一首新的民谣，已经在方山人的心中酝酿……

2019 年 4 月 23 日

第二辑

喇叭花的春天

野菌生南华

一

南华的夏季，空气中不时会透出菌子的味道。

一大早，烧香寺山上烟雾缭绕。这不是人们在寺庙里烧香，也不是雾霭荡漾山间，它是一种蒸腾的晓岚，是夏季被点燃的前兆。紧接着，蓝天被白云点燃，森林被鸟鸣点燃，树叶被阳光点燃，整个红土大地，无论是山坡还是地脚，都被形形色色的菌子点燃了！

刚下过雨的红土地，山坡上还有几分湿漉漉的阴冷。太阳升起来，照着树上的露珠，熠熠闪光，仿佛一颗颗怀孕的珍珠。其实，真正"怀孕"的不是树木，不是树上的露珠，而是脚下这片红土地。5月时，一场雨水刚过，就有一个叫真菌的家伙，按捺不住地想将自己打扮成"子实体"。我能理解，它经历了一个秋天的萧条，熬过了一个冬天大雪的埋没，迎来了万物复苏的春天，实在没有理由再在地底下隐姓埋名过日子了！总算等到出头之日，能够在这个海拔一千多米的松栎混交林中，找到自己栖身的地方，于是，这个叫作"牛肝菌"的美丽公主便傲然亮相，白的如同雪片，黄的宛如暖阳，黑的仿佛火炭，一朵朵，一片片，布满山坡，点缀山野，成为烧香寺山这个大舞台从山脚到山坡最为炫目的主角。

其实，每年5月到8月，能够登上红土坡镇龙潭山的烧香寺山这座南华最高的山峰的，又岂止是牛肝菌一种？什么青头菌，红葱菌；什么鸡油菌，白鸡枞；什么刷把菌，羊眼菌；什么猪拱菌，松茸菌；什么干巴菌，虎掌菌；什么杉老苞，奶浆菌……它们星罗棋布，数不胜数，或倚于田间地头，或俏立山坡林间，让人目不暇接、眼花缭乱。这些野生菌，如同满天的星斗散落人间，在大地上闪动着明艳的眼睛；如同自然女神的金手指，触摸夏季的琴键，弹奏美妙的乐音。这些俏丽的野菌，它们是季节的风车，转动着古老的年轮；它们是岁月的歌者，吟诵着青春的诗篇；它们是神奇的杠杆，撬动了大地的神经。满山的野菌，如同熊熊燃烧的火焰，点燃天地，点燃味蕾，点燃人类对美食的渴望。它让我们的生活变得活色生香，有滋有味。这已经不是一种简单的诱惑，不是一种单纯的物质享受，而是一种更高的生活品质，一种超乎于舌尖之上的理想追求。

到了八月，各种菌子争先恐后地冒尖，情不自禁地绽放，喜笑颜开地登场……火把鸡枞菌身着盛装，在山坡上堆起一丛丛靓丽的火把，激情盛放，熊熊燃烧，点燃了少男少女的目光，点燃了红男绿女的激情。真是个夏天的节日，菌的狂欢，好像约好了似的，漫山遍野都是拾菌的人群。风，撩起青头菌的彩裙；雨，打湿老勃皮的霓裳。惊雷为松茸菌开道，闪电为鸡枞菌发光。人们为菌欢呼，为菌兴奋，为菌疯狂。菌子大如天，野菌大爆炸，人们登高不为望远，只为一睹野菌的芳容。

比起其他菌子，在日常生活中，南华当地人似乎更喜欢鸡枞菌。说起鸡枞菌，这个家族很受人欢迎。它不是鸡，但有鸡的味道，当然它没有鸡的翅膀，不会飞，不会跑，否则你就吃不到它了。从远处看，它的皮肤黝黑，就那样蹲在松树下面，不声不响地晒太阳，它像一只母鸡，或者是一窝小母鸡，它们叽叽喳喳，奔跑在群山之中，或者"瓜田李下"。这个"奔跑"也许是静态的，它们的"叫声"你也听不到，但是你能感受——这就是鸡枞菌，一个有着动物名字却不是动物的物种。鸡枞菌分独鸡枞菌和火把鸡枞菌两种。独鸡枞菌长在开阔地带，高昂着头，鹤立鸡群。火把鸡枞菌很有个性，一般长在松林树棵间，很不起眼，若不细看，容易被忽略；有时，它就躲在一堆松毛下面，只露出一星半点，仿佛一个小朋友，调皮地朝你闪眼；它还有个特点，一般身子会略微朝一边倾斜，沿着低矮的一方望过去，便很容易找到它的小伙伴。这样的情景，让我想起小时候与山村伙伴一起躲猫猫的情形。

说起火把鸡枞菌，它与当地的彝族人还有诸多因缘。在南华人口中，彝族占了37.8%，是这里占比最大的少数民族，风俗习惯独特而有趣。彝族人崇拜火，家里的火塘常年不熄，火塘上架着铁三角，三角上的吊锅，煮着香喷喷的牛羊肉，这是彝家最好的伙食。有了火，他们从黑暗迈向光明，从野蛮走向文明，彝族人最盛大的节日叫"火把节"，他们最喜欢吃的鸡枞菌叫"火把鸡枞菌"。每年七八月份，雨水过后，山上的大树长出新枝，美丽的花箐鸡枞菌披着红裙子出来兜风，满山的火把花盛开，火把果也熟了，这时，大山就是少男少女们的节日，他们在山上追逐嬉戏，快乐地消遣青春，当然，采食野果、采摘野菌，便是他们的保留节目。这时候，山林里的火把鸡枞菌这里一堆，那里一丛，成群结队，花枝招展，在蓝天下的阳光之中绽放它们的美丽。不明就里的食客，怎么也想不明白，鸡枞菌就是鸡枞菌，干吗还要加上"火把"的前缀？其实，每一只火把，都是由无数只松明扎成的；每一塘火把鸡枞菌，都是由无数朵鸡枞菌兄弟组成的。彝族人喜欢扎堆，喜欢认家支，家支给人以安全感，家支让人找到依靠。这就像一簇簇火把鸡枞菌，它们扎堆生长，互相依靠，抱团取暖，成为一只只靓丽的"火把"。

二

高坡之上，一朵香菌，亭亭玉立，左顾右盼，风姿招展。这哪里还是形容野菌的句子，这简直就是南华版的"罗敷"了！

其实，美人与美味之间，自古以来，就有一座桥梁。形容人美，说她"国色天香"；形容食美，对它"垂涎欲滴"，更为绝妙的是，两个形容词也可以互相置换……这就是中国文化的精妙。美到深处，就是一种文化，就是一种哲学，美味与美人皆是如此。

菌子的吃法很多，既可以炒着吃煮着吃，还可以烧着吃。要是你运气好，在山上捡到菌子，一堆篝火，慢慢烤熟，蘸点盐巴，便是美味。物以稀为贵，以前，山区因为菌子太多，并不稀奇，后来，人们吃多了油腻，肥胖症、脂肪肝爆发，菌子这样的"山珍"，一下就成了可居的奇货。其实，菌子对人类的贡献，还数饥荒年月，那时候，在南华的乡下，尤其是少数民族地区，经济落后，缺衣少食，遇到干旱或洪涝，庄稼颗粒无收，这时候，一锅菌子汤，成了救命粮，拯救了多少人的生命。也许正因为如此，这里的少数民族兄弟姊妹对山上的菌子就有着一种特别的感情。每到夏季，不上山捡回几筐菌子佐餐，似乎饭菜都难以下咽。在南华，我还第一次体验了生吃松茸菌。一个大瓷盘端上来，上面是薄如蝉翼的松茸菌片，茎干部分雪白，菌帽有锯齿的地方显出暗黑，在酱油芥末蘸水里轻轻一涮，松茸的鲜味还在，但生菌的那种腥味被覆盖了。听当地人说，生吃松茸菌更有营养。

夏日的午后，登上鹦鹉山，但见林木葱郁，遮天蔽日。此时，就在松软的腐叶下面，一朵娇小玲珑的胭脂菌拱破土层，露出一张红彤彤的小脸。虽然她一下就破土而出，一下就拱破大森林里厚厚的落叶，但是，为了这一刻的露面，它要积攒多少时日的营养，积攒几个春秋的勇气啊。

一朵小小的胭脂菌尚且如此，更不要说松茸菌——这可是南华野菌王国中名副其实的"公主"。其实，我们的老祖宗早就预测到松茸菌会有光宗耀祖的这一天，否则，又怎会提前在镇南的大山深处埋下诸如松茸菌这样的千古伏笔？

　　这次来到南华，无论这里的山，这里的水，还是卖菌女孩羞涩的笑脸，无不给我留下深刻的印象。这时候我发现，最大的野菌，不是长在向阳的山坡上，而是长在人的记忆里，它像是山顶开不败的蘑菇，挥之不去，永不磨灭。

　　离开南华的时候，回过头，猛然发现，夕阳下的南华县城，原野深处，天似笼盖，这高远蓝天下的南华县城，不就是一朵偌大的鸡枞菌吗？

紫顶寺的蜜蜂

严冬时节，还会有阳光在树叶上跳舞吗？答案是肯定的。要是没有灿烂的阳光，就不会见到漂亮的花朵；没有漂亮的花朵，娇滴滴的花蝴蝶就不会来了，"嗡嗡嗡"的小蜜蜂就更不会来了！

在一个阳光会在树叶上跳舞的早晨，我和云南当代文学研究会的一班人马登上紫溪山。按理说，这已经是10月底的时光，严冬的脚步不是临近，而是早已"咚咚咚"地在地球上擂响，在北国的大地上跳舞的是雪花，但在云之南的楚雄，阳光却廉价得如同摆摊的小白菜——不，比小白菜还廉价，市场上的小白菜要一元一斤，享受这里的阳光，你根本无须付款。就是在这样的艳阳下，森林仿佛披着雪白的哈达，鸟儿在树枝上欢呼雀跃，喜欢凑热闹的蝴蝶当然更少不了，它们早已在花间摆好优美的姿势，就等待着季节给它们点赞。

紫溪山我来过多次。印象中，这里的山高大无比，仿佛一个突然从山箐里站起来的巨人；树木一棵连着一棵，兄弟姊妹一般，总是手拉手在一起，当然，那些巨大的、古老的茶树啊银杏啊，在这里并不稀奇，随便一株，树龄都在百年之上。在这里我还第一次见到红豆杉。按理说，这是一种极其名贵的树木，可它就那样随意地栖身于紫顶寺下面的一个沟箐里，而且那里阴暗潮湿，极其阴冷，但我想，或许这样的环境，正是它喜欢的地方吧？到达山顶之前，我们见到一座塑像，是一个打着包头的彝族小男孩张弓搭箭、射向天穹的造型，骏马很高大，箭矢很粗很长，小男孩几乎被淹没在陡峻肥硕的马背之中，唯有一支长箭刺破青天，这个名叫"包头王"的雕塑据说背后藏着一个优美动人的故事。我们在包头王下面照相，阳光热烈，脸几乎被烤煳。这让我想起一次到高寒山区，老乡给我们在火塘边烤洋芋，封闭的堂屋里，就是这种热烘烘的感觉。再往上走，森林愈加茂密，树身上随处可见风的斑驳，以及湿漉漉的青苔，或者黝黑的鸟屎；小虫咬过的树叶，留下沟壑纵横；阳光涂抹过的树叶，稍显粗糙，却增加了一抹亮色。古树上到处是岁月留下的痕迹。到了密林深处，刀子似的阳光变成豆腐——软下来了，不再切割你的皮肤。我以为这样的景象会一直持续下去，直到密林一手遮天、将阳光完全屏蔽在大山之外，这时，却像一出戏剧的小高潮结束，出现了一段舒缓的过渡情节，突然地，就在快要到达紫顶寺的地方，森林中露出一片空地。准确点说，是一片菜地。此时，毕竟已是严冬，绝大部分青菜，都被寒霜消灭，就是号称常年不落叶的青松身上，也染上了几许惨黄，就像老人斑白的两鬓。靠近几株大树，南瓜花好像一个个金银宝，艳丽夺目。花谢处结出烟斗大的小瓜，毛茸茸的，我伸出手去摸，居然会扎人。除此之外，白菜花似乎也不受影响，开得黄灿灿的一片。旁边的山坡上，是风起云涌的花海。太阳花的金色，龙胆草的紫暗，配上蒲公英的白絮，粘粘草的灿黄，五颜六色，争奇斗艳，仿佛是给这块菜地镶嵌的花边。

如此荒郊野岭的山上，怎么会有人种地呢？一开始，我有几分疑惑。没走两步，到了紫顶寺。寺庙位于紫溪山主峰周围，虽不是最高，也距离顶峰不远。据说大理国时代，因受佛教文化和中原文化的影响，楚雄县境内兴建寺庙庵宇甚多，其中就包括紫顶寺。但我对这一说法表示怀疑。还没进寺庙，就见门前的牌匾上刻着"紫气东来"四个大字。佛教怎么会有这样的题匾？这四个字的来源，自西汉大学者刘向《列仙传》："老子西游，关令尹喜望见有紫气浮关，而老子果乘青牛而过也。"说的就是道教创始人老子的行踪。会不会是先有道教，后来由道而佛，虽然里面的内容换成了佛家的，但因为石牌坊坚固异常，因而得以保留？当然，这也仅仅是我没经过考证的一番猜测罢了。进到寺庙，这里又是另外一重天地。抽筋草匍匐在地上燃烧；太阳花、马蹄莲在花坛怒放；灯笼花紧贴着墙边攀爬；饭堂门口，紫玉兰摇曳着高枝，山茶花更是如火如荼。就连没人打理的路边，也开满了火草花，龙胆草、鬼针草……院心处，几个老妇围着一张石桌，在捡拾一种草药，我问那是什么，答曰"回心草"。旁边一个老尼，一副神清目爽的样子，于是与之交谈。老尼自称"应觉"，我问"有五十了吧"，答曰"八十了"。看她的脸色，黄里透亮，脸上皱纹很少。攀谈中，知道她老家在禄劝，彝族，姓山，就住山头上，"1930 年，一村村民得了霍乱，没有药，家里九口人一个礼拜死了只剩两口人，父母先后死去，有一个姐姐，被人收养做了童养媳，那时我还不满五岁，幸而村子里还有人活下来，捎信给我外公家，来人接我过去。"说起往事，她的叙述很平淡，全然不像与己有关，大约是年代太久的缘故。她说现在家里有儿有女，都搬进城了，还盖了房子，自己身体也不好，于是来到寺庙，在这里很知足。我问她过得好吗？她点点头，其实从她洋溢着幸福的脸上，早已看到了答案。聊了一会，她拾起锄头说去地里，于是我望着她出门。

紫顶寺的地盘不小，我不想浪费灿烂的阳光和清新的空气，吃过午饭，便一个人溜到后院，走过一畦凌乱的菜地，眼前一大片黄花，开得满山满坡。有了花的号召，小蜜蜂上阵了。"嗡嗡嗡，嗡嗡嗡"，微弱的音乐，回荡在空中。在这个歌声中，我看到一只小蜜蜂，轻轻伸出它的触角——我叫它"采蜜器"——伸到花心里，粘在花粉上面，轻轻吮吸。不一会儿，当小蜜蜂再次飞起来的时候，它的一个肘弯里便多了一个花团，仿佛挽着一个小小的花篮。这还不算，认真欣赏一只小蜜蜂是如何避开风的侵扰，从而在花间采蜜的时候，我不但被它那种勤劳的美德、认真的态度所感动，而且还被它劳动时那优美的姿态所吸引，以至于我很长时间被这一事件定格在时间的一个段落，长时间地在这里盘桓。老实说，我从来没有如此近距离地、真实地观察过一只蜜蜂采蜜，从来没看见过一只小蜜蜂究竟是如何采取花粉的，此时，只见它屁股翘起，整个头钻进花蕊，大约有三秒钟，一动不动，那一瞬间，我以为它死了，它的屁股翘得那样高，姿势又是那样长时间地一动不动，只见花枝微微颤动，估计是小蜜蜂用了很大的劲，直到它吸够了，才又猛地弹出花枝，好像一个弹簧似的起开……一只蜜蜂采足了花蜜走开，又飞过来一只，我以为花是甜的，凑近鼻子嗅嗅，发觉有点刺鼻。是一种什么味道呢？哦想起来了，是那种小时候到油菜花丛中躲猫猫时钻进鼻孔里的味道——对，就是那种"油菜花"的味道。我搞不明白，小蜜蜂酿出的蜜不是甜蜜的吗？为何它们采摘的花粉却那样刺鼻？

但这还不是最让我感慨的。让我佩服的，是这些小蜜蜂做一件毫不起眼的小事，却十分认真，十分执着，就算有任何干扰和阻碍，也绝不放弃。严冬的凛冽也罢，花粉的刺鼻也罢，阳光的烤炙也罢，都不会受到影响。它们可以不为名利，不受世俗干扰，就因为喜欢蜜吗？因为看到这一片阳光下的油菜花漂亮，就可以高高兴兴地飞上去；因为这一枝花冠硕大花粉茂盛，就可以长时间地吮吸，它们一门心思不受干扰地干活，看上去是那样专注，那样的心满意足，仿佛能够做自己喜欢做的事，是多么的惬意和愉快，这是一幅多么感人的画面。此时我觉得，能够一心一意地采蜜，对于紫顶寺的小蜜蜂来说是幸福的；能够无忧无虑地生活、劳动，每天种种菜，扫扫地，日子平静而富足，对于生活在紫溪山的人们来说，也是幸福的。看来，无论对于一只蜜蜂，还是一个人，能够不被打扰，从事自己喜欢的劳动，都是一种难得的幸福。

我轻轻地走开，悄悄地离开紫顶寺，心里祝愿：小蜜蜂，你们就这样专心地采蜜吧，愿你们永远不被世俗的生活打扰……

2015 年 10 月 31 日

喇叭花的春天

写下这个标题，才发现已是十一月中旬，早已不是春天，但我在路边却看到一树树招展的喇叭花，开得灿烂生动，如火如荼。这不是春天的气息吗？喇叭花也有春天。记得郁达夫写过《迟桂花》，在我去罗茨温泉的路上，十一月的中旬，路边的喇叭花算是迟开的吗？穿着红裙子在路边招摇，她在等待谁呢？从春天到夏天，报春花开了又谢；从夏天到秋天，野菊花不再红艳，就连高大壮实的麻栎树，都在秋风中披上了金色的盔甲，喇叭花还在路边盛放，还在路边等待，三个季节的痴情，难免被人讥笑，可这个"丑丫头"不管不顾，灿烂依然。当你看到她在萧瑟的秋风中就穿那么一件单薄的衣裳，难道你就一点也不感动吗？

一路上，田园十分安静。谷苃豆一株株很纤细，似乎稍不留神，就会被荒野里强劲的风吹断，但如果它们手拉着手，成片生长，就会枝繁叶茂，一片片，盖住了谷苃盖住了田野；小白菜慵懒地在地里晒太阳，风一吹，便相互依靠着，倒伏一大片；洋葱叶子一根根剑一般竖着，尖端的地方被阳光炙烤得灰白；苦菜绿得近乎失真，让人忍不住想要上去咬上一口；刚刚撒过小白菜的地里，一株辣椒金鸡独立，挂满胸前的果实仿佛一枚枚灿烂的军功章。寂静的田野上，不时有呼啦啦的风，更多的时候，田园无声，只见黑山羊和老牛在吃草。对于这些动物，田野是它们的家园，也是它们的地盘，当然这些地盘不是争来的，也无须去争，原野广袤，只要你的肚子足够大，胃足够大，吃下去也能够消化，想吃多少就吃多少。这些看上去有几分荒蛮的原野，不但给庄稼以生长的土地，给牛羊以果腹的青草，还给人类提供栖身的处所，心灵的寄托。正是因为有了这样的感觉，使得我忍不住半道上便要求停车休憩。这一天，我在罗茨的原野上盘桓许久，和路边的禾苗交谈，和田埂上的蚂蚁游戏，与沾满衣襟的鬼针草讲和，同菜尖上舞蹈的白蝴蝶恋爱，伴苞谷杆上的喇叭花自拍，和大树上的飞鸟对视，更与田埂上大树下的阴影合二为一，心中没有任何所思所想，仿佛一个不谙世事的少年，却感到无比快乐，无比幸福。

跨过沟渠的时候，又看到一朵喇叭花红艳喜人，一个花骨朵欲开未开，我忍不住俯下身子用脸颊去亲近她的脸颊——有些粗糙，有些刺人，完全不像看上去的那般柔嫩。看来，日常的经验未经验证，也会被真实的锋芒刺痛。

终于到了罗茨镇。见到这里著名的温泉，不见冒泡，只见山谷中云霞似雾，雾霭如烟，显得十分祥和宁静。因为是周末，人相对往常多些，我们便避开人多的市镇，选择一个山谷中的温泉。这里如同一个桃花源，红墙碧瓦掩映在绿树丛中，低矮的冬青，高大的芭蕉，一直迤逦着围绕在池塘边。池水漫过来，淹没你的足踝，淹没你的膝盖，几分惬意，几分温暖。温馨的风如同情人的手指，轻轻抚着你的脸颊、你的身心。这是一种不知不觉融入大自然的纵情享受。

过富民、经禄丰，前往罗茨的路上，老天一直阴沉着脸。沿途吹来的风很冷，车上的一家人忙着加毛衣。以为罗茨也好不到哪里去，谁知走进小镇，却发现这里艳阳高照，仿佛七八月的天气。路边，熟透的柿子红得像一颗颗燃烧的心。小街上，虽然已是冬天，却还有厚厚的老剥皮、深紫的荞面菌以及秀气的小白菌在出售。拖拉机的挂斗里晒着面子粗糙的冬雪梨以及面颊红润的脆桃。碧城镇正在赶龙街，农副产品从街头摆到街尾，不但菜品新鲜，而且菜价低廉：肥硕粗大的萝卜，只要每公斤2元；昆明5元一斤的柿子，在这里2.5元一斤；昆明4元一斤的大白菜，在这里是1.5元一斤；冬梨大的10元3斤，小的10元4斤。一个卖柿子的妇女守在摊前，也不吆喝，直到我们走上前去询问。柿子很红，但个头较小，我说怕没有大的好吃，妇女连忙解释，这是她家自种，熟了用酸多依果捂出来的，很甜，我们可以任意品尝。这是个三十来岁的年轻妇女，不但招呼我们可以先尝后买，并热情地邀请我们到她家里去玩，她的热情，反倒让我有些不好意思，准备买上几个。捡了6个柿子，一称，不到一斤，塞给她1.5元，撕开薄薄的皮，果肉就露在外面，轻轻一吸，果汁就进了口里，那种甜，浸进心里，清凉爽口，回味绵长。妇女说，柿子来自一株几十年的老柿树，结的果子拥挤不堪，一摘几大筐，一家人根本吃不完，她今天挑的两箩筐也有四十多斤，从四五公里外的异龙寺山上下来，脚都走肿了。一边说着，拉家常似的，也并不觉得有什么委屈。跟这里的人打交道，我感觉他们都简单而朴实，虽然不太会做生意，但卖多卖少，他们并不在意，似乎并不觉得吃亏。看着妇女晒得喇叭花似的艳红的脸庞，我十分感慨。

　　回来的路上也如此。路边的风景虽然有些单调，但没有任何人工的痕迹；这里的老百姓心态良好，生意上不多计较，就算是生意人，也不贪心，他们就像路边随意盛放的喇叭花，没有大棚里的暖气罩着，没有得到任何园丁的呵护，就那样立于荒僻的原野，吹着大自然粗粝的风，脸庞被冻得绯红，却依然活得那样自在，那样滋润，不矫情、不虚伪，这时候我一下子就明白了，为什么罗茨之行一直给我一种温暖的感觉，其实不仅仅是这里有如火的太阳，不仅仅是这里有沸腾的温泉，不仅仅一路上有开花的风景，更因为这里的人——他们与世无争的生活态度，他们对待客人如同亲人般的情感，这一切，使得罗茨这个藏在大山深处的看起来好像不起眼的小镇，能够给人留下深刻的印象。罗茨人的生活，不亦如同一路上我们看到的喇叭花，那种冬日里迎风招展、恣意盛开的美好吗？

2015年11月于罗茨

泥土味的童年

满眼的苞谷秆，就好像一坡站立的绿色地毯。

中间是一个不大的池塘，仿佛不小心落下来的一块镜子。池塘边，高高的苦楝树孤独地守卫着这一方净土。再远些的地方，就是星罗棋布的村庄。一眼望去，地头间、池塘边，零星散布的房舍，如同几颗棋子散落其间。究竟是谁与谁对弈？恐怕连上帝也不得而知。

箐头是我的故乡，是我从小生长的地方。我的家乡说是高寒山区，算不上；说是平原坝子，更离谱。这里有大片大片的土地，都隐藏在山林里；有一丘一丘的水田，就开垦在沟箐边。种稻子，还不够果腹；种洋芋，没有老高山地肥。这不，苞谷就成了这一带的常种作物。其实苞谷是一种很好的农作物，不挑地，可以说肥瘦不拘。地肥的地方，苞谷长得有小腿粗，有时一秆上坠着三五个棒子也不稀奇；瘦些的地方，虽然茎干细小，苞米也不大，但照样能结出饱满的果实。这就是农人们喜欢它的地方。成片成片的苞谷秆啊，不亚于郭小川诗中的"青纱帐"。雨水下过，苞谷秆顶着水珠、衔着太阳，一个劲地往高处窜。带着锯齿的苞谷叶上，有蜻蜓站立，有小虫爬行，还有不安生的蝴蝶儿蹁跹……这样一种充满生气的风景，在我的故乡随处可见。

那时候，从我家走出来，就到了这一片菜地，菜地和我家有几级石阶相连，再往外走几步，又是一个陡坡往下延伸，直到"无固乍"河。在陡坡之上的这一片菜地，我们叫它"坎坎头"。因为离我家门口不远，坎坎头的这一片菜地，是我们小时候经常游玩嬉戏之地。在我家的围墙外面，还有一条水沟，这条南北向的沟渠里，常年流淌着从水库里放下来的水，一路绕着村寨蜿蜒而过，无论我家池塘里的水，还是坎坎头我大爹家菜地的水，都是从沟里引来的。坎坎头因为有了这长年不断的水，植物也就特别茂盛了，不仅仅是苞谷啊、青菜啊这些农作物，就是菜地边的一棵苦楝树，一棵皮哨子树，都得益于水的滋润，而长得笔直高大，枝繁叶茂，更不要说用来圈地的金刚占（我们对仙人掌的称呼），本来就是旱涝保收的刺头，就长得更是硕壮无比，以致结了"仙人果"的时候，我们伸了手都够不着，直到被仙人掌上尖利的刺划得血肉模糊。

大爹家的菜地因为紧邻我家门口，我对它的每一寸土地都十分熟悉，如同长在自己身上的手指头，一五一十都掰扯得清楚，什么季节种了什么样的蔬菜，也都了如指掌。有时家里炒菜临时少了葱姜，我就自告奋勇来扯上两株回去，这时候我妈炒菜的锅都还没有凉，正好赶上火候；有时身上奇痒无比，不知道什么东西过敏，要到很远的我家地里扯韭菜，已经等不及，我们也会到大爹家的菜地里扯上几株韭菜，按土法炮制后当"药"擦在身上，这个"小单方"还真管用，不出一袋烟功夫，就会让你一身轻松。虽然不是我家的菜地，但比我家的还方便；那时候的亲戚邻里之间关系很好，不会计较这点鸡毛蒜皮。更多的时候，这片菜地是我们嬉戏的游乐场。

春天，"池塘生春草"，池塘水草间的小蝌蚪，不但引得小鸭子嘎嘎欢叫，也逗得我们心痒痒的。一群小孩蹲在池塘边，眼睛珠子随着小蝌蚪游动，先是隔岸观看、指手画脚、大呼小叫，按捺不住的时候，就"波拉"一声跳下去，你来我往，浑水摸鱼，仿佛过节般欢闹。但这样的捉蝌蚪，一般都一无所获。除非有心细的女生加盟，卷了裤腿，蹑手蹑脚，悄悄将那机灵异常的小精灵捧住，放在玻璃瓶中，这样就可以把玩几天。大多数时候，蝌蚪狡猾得很，明明双手靠近了，只要你稍不留神，它又会从你的指缝间溜走。有时捞到一大捧，我们就拿回家养到日常储水用的石缸中，等着它长大变成青蛙。但日子一天天逝去，小蝌蚪不见长大，到了最后，也不知道跑什么地方去了，不见了踪影，故事就这样有头无尾地终结。

夏天是植物、动物的集散地，雨水一过，不但池塘里蛙声一片，草地上蜻蜓蝴蝶乱飞，蚕豆啊、白菜啊猛往上蹿，什么菜青虫、毛毛虫、铁豆虫都来凑热闹，把个菜园子闹腾得不亦乐乎。我们最喜欢的还是捉蜻蜓。首先用篾子编成一个项圈一样的圆环，将它捆在一根根长长的竹竿上，再找一些密密的蛛网，将蛛网罩在圆环上，这样，一个密不透风的捕捉蜻蜓的"工具"就做成了。见到蜻蜓的时候，我们握着竹竿的一端，贴近这个长着翅膀的精灵，趁它不注意，悄悄地靠近它、罩住它，等到它飞起来的时候，就被蛛网网住了……这个捉蜻蜓的游戏，是我们一帮小男孩最乐此不疲的。女孩子呢，就只能捉些花花蝴蝶，或是等待我们捉到蜻蜓后大家共享娱乐的胜利果实。绿色的植物我也很喜欢。尤其是一丘丘的苞谷秆，大清早还会结着露珠，放眼望去，满目皆绿，阳光照在上面，熠熠生辉，如果你钻进苞谷林，那种清爽宜人的感觉，简直没得说！站在绿色的植物丛中，仿佛吹过来的风也是绿色的，沁人心脾。

秋天，苞谷棒子逐渐饱满，树叶也开始变黄了，尤其是皮哨子树的枝头，一眼望去，仿佛满树的金币在闪亮。但我们对这丝毫不感兴趣。我们喜欢捡拾皮哨子的果实，那黄灿灿的、圆圆的，大约有大脚趾大小的圆球。别看这小东西不起眼，将结缔处的小盖子掰开，可是很好的哨子呢，一吹山响，连对面山头都听得见。有时母亲将它用棒子敲碎了，皮哨子果可以拿来洗衣服。不但清洁力强，而且泡沫丰富，有很舒适的手感。看着母亲在池塘边用我们捡到的皮哨子果将洗得发白的衬衣晾在路边的灌木丛上，我们很有成就感，哨子也吹得更响。那时候，这小小的玩具，给我们带来无与伦比的乐趣。

　　冬天，寒风肆掠，苦楝树、皮哨子树仿佛不耐凉风的袭击，瑟瑟发抖，不料这一抖，一身的"衣服"反而簌簌落下，落光了叶子的大树，光秃秃的枝丫，只有在寒冷中忍受北风的鞭打，传来一阵阵瘆人的噼啪声，这时候，我们就猫在家中很少出门了。

　　那时物质匮乏，幸好整个箐头地界，天是我们的天，地是我们的地，方圆十里，到处可以撒欢，我们这些乡村儿童，广阔天地大有作为，就在这一堆堆烂泥田中摸爬滚打。我们的童年没有高楼大厦，只能在破草房中取暖；我们的童年缺少鸡鸭鱼肉，一盘炒青薹也吃得满嘴油光；我们的童年没有游乐场，田边地头到处是我们的"战场"……这一片"泥土味"的风景，深深印在我人生的记事本中，伴着我的童年，伴着我的成长。

日史普基的群山

"山中方一日，世上已千年。"提到大山，总觉得离我们十分遥远，而且与城市的喧嚣迥然有别，要是你到大凉山走一遭的话，这样的印象会更为深刻。

2014年7月22日，应阿索拉毅兄弟和螺髻山火文化研究会的邀请，我前往普格县参加当地的彝族火把节。要说彝族的火把节，我过了不知其数，但这个火把节有些特别，彝族现代诗歌资料馆和螺髻山火文化研究会举办了一个"火把魂"诗文比赛，通知我获了诗歌一等奖，据说这一奖项是从参赛的一千多件作品中评选出来的，对于彝族同胞的深情厚谊，我十分看重，不惜千里迢迢前往，当然，除了领奖，以文会友才是我的真实目的。

普格不愧为大凉山的腹地。群山一座连着一座，而且一座比一座高，远远露出的山脊，就好像正在吃草的山羊的脊背。在山巅，山尖与蓝天贴得很近，紫雾与白云亲吻，善于攀爬的岩羊啃着山草，一步步接近高远的蓝天。路边上，穿着百褶裙的彝族妇女沿着公路摆摊，叫卖她们刚刚从山上拾来的五颜六色的野山菌。说是"叫卖"，其实她们并不吆喝，只静静地守在路边，等待过往的行人光顾，大有待价而沽的意思。山有神性，人有灵性，怪不得大凉山上的彝族人那么与众不同，男人总是高大威猛，女人无不水灵聪颖——你看普格火把节上的美女，哪个不是心灵手巧，哪个不是婀娜多姿？记得1987年，我第一次应阿凉子者之邀去参加普格火把节，那一天，热辣的太阳仿佛一个大火球，比太阳更热辣的是彝族妹子。选美现场人山人海，占满了整个日史普基；选出的美女，一个比一个漂亮，真让人大开眼界、大饱眼福。我记忆中的彝族美女的形象，也就从此定格。

因为山高坡陡，道路狭窄，再加上不时有塌方和泥石流挡道，数十公里的山路，我们走了四个多小时。同车的张菊兰打趣说，今天的行程真是"烂漫"啊——路又烂车又慢。

当我们终于来到普格，主人给我们准备的晚餐十分丰盛：山上的鸡枞菌、水里的草芽，还有大块大块的坨坨肉，大盆大盆地端上桌，那一盆盆原生态的羊肉和小猪肉，还未入口，香味早已扑鼻。我刚要举箸，就被侄女苏钰琁制止了。"等一等，我还没发微信！"说着便掏出手机拍照，对于 90 后的青年来说，发微信比吃饭重要。虽然我们从云南来的客人只有三个，但具有彝族特点的菜肴一样不少，摆了一大桌，自然值得"立此存照"。

刚刚从汽车上下来，就看到阿索拉毅兄弟在酒店门口候着了。我和拉毅其实去年在盐边县红格就见过，在那场会议上，他的一次发言让我认识了他，尤其是他对彝族诗歌创作与研究的执着以及他主持的彝族诗歌资料馆，都给我留下了深刻的印象，此后我们经常在 QQ 群里交流，这次见面，自然格外亲切。这次重回普格，不但见到了老大哥阿凉子者，还认识了老前辈火补舍日，以及许多新朋友，比如白玛曲真、彝族第一个美术研究生吉克·布、能言善辩的毛小兵、独具慧眼的沙辉、打工诗人阿尤、深谙彝学的曲比兴义、反应敏捷的孙阿木、学中文的何敏、彝族小阿妹火补沙杂、热情的阿达色轨，更与发星有了一番深谈，尤其意外的是，在日都迪萨火把场，选美结束，当我与获得第一名的美女蒋昕合影时，她告诉我昨天她听过我的演讲，原来她的妈妈叫沙玛雪茵也喜欢写诗，不愧为诗人的女儿，举手投足间似乎都有一种诗意的韵味，难怪摘得了"金索玛"的桂冠。

都说日都迪萨是彝族火把节的发源地，这一次，我是带着朝拜的心理来到这里的。日都迪萨火把场就在山顶上，群山环抱，居高临下，火把点燃，漫山遍野，点燃的不只是火把，还有同胞兄弟姊妹的热情。太阳还在老高，吃过晚饭，我们就来到了火把场，一人手里举着一支火把，排在前面的第一人取得火种，传给第二个人，如此循环下去，一个接一个，熊熊的火把尽数燃烧起来，人们举着火把上山，火把排成长龙，似乎整个山头都在燃烧，就连天上的星星也被点亮，这是一道多么绚丽的奇观！

两天的行程到了，举手告别的瞬间，一座座青山离我远去，我便想，生活在此地的彝族作家和学者们，他们不就是引领日史普基的精神的群山吗？马德清、火补舍日、阿凉子者、发星、吉克·布、鲁娟、白玛曲真……一个名字就是一座山峰，一山更比一山高，后面的超越了前面的，又注定要被后来者超越，正是这样的继承与超越，成就了日史普基的文化高度，这不正是日史普基文化人从古到今不懈地追求吗？

"向日史普基的群山致敬"，我在心里默默地说。

2014 年 8 月 1 日

那柯里，一段未经推敲的梦

清晨，山头上的"弹丸"是小鸟啄出来的，树枝上的绿叶是春天啄出来的，我身上的温暖是阳光啄出来的。森林的围墙不但囚禁不了这里的阳光和春天，相反，还助纣为虐，长出许多绿色的枝叶，是它们，延展了春天的臂膀。今年三月，我来到那柯里，正是这个季节，第一眼见到的，就是这样的景象。

我们到来的时候，那柯里的春天枝繁叶茂，蓬勃招展。河边流水潺潺，鱼翔浅底，时不时溅起一朵浪花；岸边芦苇摇曳，绿意盎然，空气里晃动的都是翠影。不远处的山头上，林木葱茏，蝉声喧天；更远的地方，白云悠悠，鹞鹰翻飞。越过小桥，穿过村寨，我在一个古画般的廊桥上停下。看得出来，桥已经十分古旧，就像一个老态龙钟风烛残年的老者，飞檐二失其一，油漆剥落如疮，但它还在小河上面蚕茧似的横卧，在春风中哼一支古曲，仿佛是岁月无意中遗失在这里的一管长笛。脚下凹凸不平的石头路，也就是教科书所说的"茶马古道"，从唐宋以来，道路早已坎坷不平。你看那块巨石，由于马蹄的反复践踏，居然被踩出一个深坑，大小刚好可以容纳一个马蹄。周围光洁如玉，看得出打磨的痕迹。行走在古道之上，我仿佛听到了历史的马帮由远及近，正一步步向我走来，在我与它对视的短暂瞬间，记忆的闸门一下子被打开，真相的洪流汹涌而出。我不知道，在这条古道上，会不会有马背上遗下的茶叶，或是一星半点残盐？迎风而立，似乎从我面颊上拂过的春风，也携带着茶与盐的气息。这段茶叶与盐巴书写的历史啊，与其说是马蹄踏出来的，毋宁说是岁月踏出来的，据说这条地处西南的古道，从宋代就开辟出来了，谁能想到，一个又一个朝代灭亡了，这条大道却在不断地延伸，它走过大元的革囊，跃过明清的沟沟坎坎，跨过血雨腥风的朝代，走出了一段惊心动魄的历史。

古道旁，一间古陶坊，倚桥而立，像是一个走疲了的旅人。店面不大，好像有意要与这一段历史相匹配，陶器古旧，色泽黯淡。店主是个三十来岁的哈尼族小伙子，个头不高，瘦瘦精精的，一直专注地盯着自己手中的泥坯，专心做陶，很少抬头。他穿一件未破但旧的 T 恤，洗得发白，又沾了些陶泥，于是乎，当他坐在堆满陶器的作坊一角，便与陶器混杂在一起，自己也成了这陶坊的一部分。屋子里，地上堆的，墙上挂的，尽皆古陶，大大小小，奇形怪状，静如坐禅，述说着小伙的手艺，述说着一个民族旧石器以来一段不凡的历史。陶器旁还挂着一方巴掌大的不起眼的纸片，上书四个字：请勿拍照。唯有这几个字，透出一丝现代气息，透出小伙为生计不得不对世人有所防备的心理和无奈。

晚饭特别丰盛，都是当地的瓜果菜蔬，特别新鲜可口。其中一道菜，看起来有点像泥鳅，但身体是红的，好像染过了红墨水，当地朋友介绍说是"小红鱼"。听说这拇指粗的小鱼，是从我们古道旁的小河里捞上来的，吊起了我们的胃口。但吃与不吃，却难免让人纠结。小河那么清澈，又无污染，里面养出的小鱼肯定口味鲜美。食色，性也，对美味的追逐，是人类的天性。

那柯里，今年三月，因为一个偶然的机缘，你将我带到了这里。你的断桥、古道、流水、夕照，你的村落、游客、晚风、野草……这一切，似真非真，宛若梦境，让我躁动的心灵得到了片刻休憩。虽然仅仅过了三个月，但现在回想起来，却觉得那就是夏日水边遭遇的一段未经推敲的梦境。这一段路程并不遥远，但是那柯里，我在你的梦里迷路了，从遇见你的那天起，就再也走不出来了，仿佛走进了从远古走来的那条漫长的茶马古道……

2016 年 3 月 23 日

山那边的一颗星

从来，大山就是高大与雄奇的象征，但它又代表着封闭和阻隔。

在我驱车前往普格的时候，沿途所见，除了一座座连绵的群山，一条条蜿蜒的小路，以及原野上黄的白的野花，还有草地上悠闲吃草的牛羊，树枝上叽喳的小鸟……这样的景致，令我禁不住地猜想：居住在大山中的人，过的一定是神仙般的生活吧？

七月的普格正在"流火"。骄阳似火，大片大片的野菊花在原野上燃烧。水牛在草地上悠闲踱步，山羊在绝壁上展示它攀岩走壁的独门功夫——悬挂在山间。螺髻山不只活在大山深处，此时就在我的眼前，山峰陡峭笔直，如想看到尖顶，你必须仰视。生活在这里的彝人为何总是谦恭？我猜想，与群山过于高大不无关系吧？记忆中，这里的山总是螺髻高挽，云雾如仙，仿佛彝族贵妇般傲立，否则又怎能配得上"螺髻山"的美称呢？

这次的普格之行，与周发星交谈尤欢。

与发星已是"第二次握手"。2013 年我到四川盐边红格参加金沙江彝族文学笔会，便见过他，但那个时候相互并不认识，对于他的印象，也就是胡子特别茂盛，大概他对我也没有多少了解，因而两个人就擦肩而过了，后来在彝人圈子、诗人圈子里，"发星"这两个字一再出现，频率之高，出乎我的预料，知晓他的为人为诗，对上次"相见不相识"有一种很深的遗憾，因而这一次的结识，也就显得顺理成章。

发星在诗歌圈子里口碑很好，他是大名鼎鼎的民刊《独立》

的创办者。他的家就在普格的双乳峰下，据说他就出生在那座高耸的乳峰下面，"从小吮吸乳峰的汁液长大，他不健壮都不行，他没有灵性与灵感都不行"，这是龚盖雄教授的原话。发星常年生活在大山之中，但对诗歌却有独到见解，这让我想起东晋五柳先生和他的田园诗："结庐在人境，而无车马喧。问君何能尔，心远地自偏。"怪不得人们要说"仁者乐山，智者乐水"呢，原来有大智慧的"仁者"都隐藏在大山之中啊！

发星不但精于诗，还长于理论，对彝族文化更是了如指掌。木森海帆说到普格的释义认为，彝语全称为"日史普基"或"日史普格"。"日史"，系彝族近古历史上的一部落氏族首领名。"普基"是彝语，指"地域""集中营""村落""部落"和"寨子"之意。由此我知道了发星为何要举起"地域诗歌"的旗帜，我相信，生于普格的发星想表达的意思应该是"地域"而非"集中营"，虽然没跟发星就这个问题进行探讨，但我相信发星兄一定会同意我的看法。

火把节那天，我俩登上日都迪散，从山上到山下，从山下到宾馆，从白天谈到黄昏，从黄昏谈到黑夜，仍不尽兴，又从吃过晚饭到夜半上床前，3个多小时的时间，我与发星都在侃侃而谈。谈些什么呢？人生、文学、社会无所不谈，当然谈得最多的还是文学。尤其是从日史普基和他主办的民刊《独立》成长起来的诗人们，比如阿索拉毅、郑小琼、鲁娟，后面的两位我虽无缘见过，但在普格与他们神会，自有一番亲切。发星与我谈论他与土地的亲近：春天如何播种，夏天如何除草，而到了秋天，收回苞谷在自家院里晾晒的时候，灿烂的阳光又如何点燃金黄的苞米。谈着谈着，不知不觉谈到了"地域诗歌"。发星生长在螺髻山下，他的诗歌创作与理论不但有根有据，还不缺乏营养，因而在诗界能够长时间地存活，其枝叶不但覆盖大凉山的诗歌园地，甚至"红杏出墙"地延伸到了国内外的文苑。我怀疑，他那一蓬郁郁葱葱的络腮胡，是不是也是他精心耕种出来的"庄稼"的一部分？

发星还告诉我，其实许多年前，他在旧书摊上淘到一本《全国大学生校园诗选》，看到一个叫"王红彬"的作者，便对其诗作留下深刻印象，去年在红格听说这个名字，就曾猜想，此人会是那个王红彬吗？我告诉他，那本大学生诗选确实选了我的作品《独家村的女人》。"要是你能够呆两日，就随我一起爬山，"发星说，山在他的世界里具有很重的分量，外面的朋友要真正了解他，首先要了解与他朝夕相处的大山。

虽依依不舍还是到了告别的日子，汽车渐行渐远，随着发星和送别的朋友渐渐淡出视线，抬起头来，我看到浓雾在山间弥漫，淹没田地，淹没山寨，与袅袅的炊烟汇合在一起，土地混沌一片，分不出哪是"人间"哪是"烟火"，我一时有些迷糊，一座神山，和一个不食人间烟火的诗人，两者之间有什么必然的联系吗？

2014 年 7 月 30 日

大麦地上长出的"查姆"

一条绿汁江，两岸悬崖壁。峡谷很高，大江很长，远接天边的白云，仿佛一条丝绸，在天边，经不住风的鼓荡，从高处跌落，这便有了江。山峰虽然拥挤，江岸还算开阔，江水却并不湍急，也不粗大，纤细的地方，几乎盈手可握。土地呢，鲜红异常，仿佛血管里流动的血液，不小心被谁割破，一路随着大江两岸蜿蜒，涂抹两岸的风景。虽然有山有水，土地却仍然贫瘠。这不，岸边除了丰茂的山茅草，几无他物。

从双柏出来，一开始树木繁茂，灌木丛挤满公路边窄小的空间，椿树、水冬瓜树，不时还可见到一棵棵杧果树以及高大的松树。突然一座光秃秃的大山横在眼前，好像水牛的脊背，光滑而挺直。才进峡谷，气温陡然升高。阳光很热情，比敬酒的彝家妹子还要亲切几分，才到大麦地，不问由头，就热辣辣地亲吻我的脸。按理说，温度高，利于植物生长，这不，河谷干热，错落有致的大树不时从路边的山崖边冒出来——准确点说，是进入大麦地之前是这样。黄金叶、黑心树、攀枝花、桐子果树、酸角树、西西果……虽然比起原始森林，说不上很高大，但也能在公路边箍成一道绿色的栅栏。五色梅在路边堆了起来，还有一种细碎的红花，沿着公路一路燃烧。

这是个典型的少雨干旱低海拔地区，这样的说法，在逐步抵达大麦地后便一一得到印证。先是植被逐渐稀少，路边时常见到的，就是黑漆漆的石头，好像被人抹了锅烟蹲在路边的汉子，一言不发。云彩先前还是稀释的白，轻飘飘地漫过山头，到了大麦地，一下就乌黑了，仿佛凝聚了太多的沉重。这里最丰富的资源是大山，准确点说是荒山。整个大麦地被大山包围。说句真话，一开始来到这里，面对蒸腾的暑气，荒凉的群山，我的心中感到的是绝望。绝望之余我也在想："这样恶劣的自然条件下，生活在这里的彝族人民，他们要以怎样的艰难付出才能应对？"同时，这样的环境还使我想起呛人的烈酒、粗犷的山歌、决绝而坚毅的眼神——有一点毋庸置疑，这里肯定不适合女人生活。

来到大麦地的第二天一早，我们沿绿汁流域参观这里的葡萄园。小路从河谷一直延伸到山腰，再往上走，便藏到了山巅的云雾中。路边上，山是荒凉的，裸露的岩石鲜红地一块块突显出来，好像受伤的胸脯。村寨依山傍水，本来应该秀美，但因为环境的恶劣，许多寨子就挂在悬崖上。我们走进江边的牛圈房村，石旮旯丛中，未走几步，就能看到寨子里的门户訇然洞开。住户大多无门无锁，就算有门也不锁。有一户较大的宅院，门开着，一群小猪在看家护院，见到我们便一哄而散，一路狂奔寻找母猪护卫，只有一只胆大的小猪，虽也恐惧，却不跑，瞪大了眼睛看着我们，对陌生人的入侵充满了戒备，似乎随时准备扑上来咬人一口。偶尔见到一个人，也因为不通当地的彝族语言，无法交流。其实，纵使我们想和他们交流，对方好像也没这个愿望。我们在村子里穿梭，隔着房门可以看到里面有人，或在院子里晾晒衣物，或者在庭院中干着杂活，对我们的到来不理不睬，视若无物。我们在村子中逛了一圈，看了看风景，便离开了。

在一旁可以俯瞰牛圈房村的山头上，我们遇到了两个彝族妇女。因为有当地的村镇领导陪同，通过他们翻译，大概了解了村中的一些情况：这一片集中建盖的房屋，一个院子至少要投资十七八万元人民币，每盖一幢房屋，政府补贴四万元。许多人选择在这里落户，是因为镇里引进了两家公司在这里种葡萄。凡种葡萄的农户，由公司出钱，以每亩1200元租金租下土地，播种时节，再给愿意参加的每个劳动力每天60～80元的酬金。这样的无风险种植，使得村民们不用外出也能打工挣钱，甚至外地劳动力也留在这里。一个老年妇女告诉我，她家有四五亩葡萄，土地租赁加上在自家地里"打工"赚钱，收入比过去明显好转。

这次的采风活动，来了一大帮作家。作家们勤于观察，善于思考，但嘴也刻薄，口无遮拦。参观一个国家级文化遗产项目的时候，看到墙上挂着一幅"小豹子笙"的巨幅照片。这是当地的一项民俗活动，由一群男子赤裸着身体，在身上画出豹纹，打扮成小豹子的模样，翩翩起舞。据说前几年，参加活动的都是十四五岁的男孩，现如今，发育的年龄提前了，大些的男孩不好意思来，见到的都是十一二岁的小男孩。有人考证说这是男孩子的"成人礼"，但县文联主席苏轼冰不这样看，他说："过去还有四十岁的男人跳，难道他们也才成年？"尽管有争议，但这个舞蹈由于跳法独特，激起了人们的好奇心，因而围观者甚众。

说到彝族地区，人们喜欢说"会走路的人就会打跳，会说话的人就会唱歌"，其实还少了一句："会喝水的人就会喝酒。"这不，到了晚上，彝家姑娘便唱着酒歌，热情地给客人们敬酒。这里的酒是烈性的，它由地里的荞麦酿成，入口即有一股醇香。我抿了一口，不是喝，而是品尝。天生不喜欢喝酒，但彝家的荞麦酒是个例外。"阿表妹，端酒喝，管你喜欢不喜欢，都要喝。"这首被异乡人解读为"最霸道的酒歌"其实并不霸道，试想一下，要是换一个劝酒的场合，两小无猜的一对，感情甚笃，相约酒谈，对酌之时，情浓酒烈，这样的歌声流淌自心底，你还会感到霸道吗？

四弦叮咚，弹响的不仅仅是琴弦，还有月色，还有晚风。夜色掩映下的月亮如一只硕大的天牛，伸长触角横亘天际。此时我突然想，数千年前，第一个唱《查姆》的老祖宗，他也一定是在这样的三月，在这样一个夜晚，身边有美丽的彝家姑娘相伴，他的近旁也许没有四弦琴弹奏，但一定会有姑娘的响篾叮叮，于是，老祖宗情不自禁，开口就蹦出了那句千年绝响："远古的时候没有天没有地……（彝族民间长诗《查姆》的第一句）"广场旁边，有开满碎花的小叶榕，香气扑鼻。小叶榕的枝叶切割着月光，切割着悠扬的琴声，为这个夜晚添加了动人的注脚。

这次采风也有遗憾，没能在《查姆》的诞生地，听非遗传承人在大麦地演唱一回《查姆》。下午的座谈会曾向我们介绍过一个叫方贵生的老先生，晚上匆匆走了，据说到外地参加一个比赛去了。我们想请个年轻人来唱。"会唱调子的年轻人都到外地打工去了。"文联的苏轼冰主席说。听到这样的解释，我的心一下子沉重起来。

晚上，当地朋友请我们在青棚里吃夜宵，大家喝酒弹唱，歌舞不断，从京剧到流行歌曲，无所不能，但都没有一个人会唱古歌。会唱调子的年轻人到远方去了，他们带走了古歌，带走了这个村寨的古老情调。月儿依然明亮，江水亘古流淌，但在这块土地上流传上千年的古歌《查姆》，就真的只能在这片生长大麦的红土地成为令人回味的"遗产"了吗？

我多么希望，这只是一个彝族后裔的杞人之忧。

2016 年 3 月 28 日于大麦地

小黑龙记

宜就有马，距县城以西二十里。小黑龙者，与腰山梁子并驾，与他克水库比目。龙山之麓，树静风止，小黑奔焉，如过隙白驹，一泻千里，时跑时跳，或语或笑，没有一刻止歇。因诧曰：如此不舍昼夜，谁之驱邪？智者哂然而笑：不过时光匆匆，无法轰然驻足耳！

从古至今，纵观华夏大地，龙潭可谓多矣，然不及小黑龙之美。深冬，草干木枯，黑龙潜焉；春至，万物复苏，见龙在田。或跃深渊，飞龙在天。溪间水清如镜，岸边繁花似锦。晨起丽日衔山，但听鸟语；暮至夕阳如金，松涛犹闻。老公山横卧长龙，清香树俯身向潭，白皮条倒影横斜。明明正是山枯水冷时节，近此潭，却道万物向春。可谓是：照影清波非流水，掷地梵音皆化境。水底遍数珍珠，原来米色黄虾。潭中丽影斜，岸上树生花。冬日水暖生烟，夏季波凉去惊。急吼水帘鹰语促，一叩岸上踏步声。羊蹄踏踏为江，江底筑底成河。渠桑驿固守衔鹰啄鸟之险，三千年后仍闻马蹄得得；木马河扬波拂云逐岫而奇，九百里外犹谛心跳咚咚。龙山与对门山牵手，龙潭共菜园河连襟。藤萝纠结恰似人生俗事，道路曲折映和大地清明。偶有鸡叫喔喔三两声，还有鸭鸣呫呫似争喧。墙角处，百花纵情声色；屋檐下，小鸟高唱八音。村人担水路遇相邀家里坐，邻女挑针倚墙无端笑意迎。余信步至此，已近黄昏。但见潭中：水母生波，枝影切天；游虾戏珠，静水无言。岸上：狗吠声高，树涛不止；拂面清风，犹如香吻。梯田麦香播远道，曲水玉色接炊烟。斯时龙潭，万籁俱寂，人声阒无。正是：神龙见首不见尾，天下高人世外生。

想昔日，虽有泉出，然黑龙之水，暗无天日，如人之藏于深山，宝之埋于幽潭，贫困始终如影随形，人民生活无以为继。看如今，与潭为邻，万顷良田，直达云天。二月布谷唱晓，鹧鸪鸣春。六月杜鹃满山，花开夏天。十月金稻飘香，醉彻人间。更莫论，杨柳扭腰，长长纤柔动玉指；鲤鱼摆尾，一杆秀鳍挑春色；锥栗结籽，小小弹珠口齿馨。村前繁花似锦仙人住，河心暗流涌动秋波转。人间百姓，总关粮粟；世上欢乐，无少温饱。

新时代来临，好政策丽日当天，浩然而明。是时，宜就镇党委政府与时俱进，趁势而上，殚精竭虑，开发龙潭，小黑龙由是新生焉。呜呼，黑龙沉睡千年，是时不醒，更待何时？有道黑龙翻身，一飞冲天，翻云覆雨，搅动山间。

余往回走间，忽闻丝弦阵阵，似弹非弹，似敲非敲。村姥曰：此乃月琴，系居此地不远的罗贵忠老人独奏，先生年逾八旬，乐音却如二八佳人，动人如此，岂非预示小黑龙未来之美妙耶？

遇见·罗坝

也许你会问:"罗坝"是哪里?怎么会有那么大的魔力,让人忘也忘不掉呢?其实我也在想这个问题。按理说,"农场"这个词并不好听。从二十世纪五十年代开始,"农场"这个词就经常与"劳动"搭配,全称叫"劳动农场"。罗坝这个"农场",它的对象是莘莘学子。那么,我又何以对那个地方念念不忘?别处的农场是禁区,"罗坝"农场却是我们放飞梦想的地方。或许正是这个缘故,不只是我,可以说那个时代我们永仁一中的所有学生,都对罗坝有一种别样的情怀、难忘的记忆,这或许就是我愿意反复叙写罗坝的原因。

我想说,心有多野,世界就有多大。心很野,罗坝很野,院子里的花也很野。天空多蓝啊!来到罗坝,我就醉了。

说来也是奇怪,在穷困的山区,许多孩子没钱上学,因此对学堂生活很是向往;但进了学堂的人,却又很容易对上学念书搞成"老和尚念经",很容易对学习生活倦怠……这是一种"围城"现象吧?上了一个学期的学,每天在教室里听老师讲课,每天预习、上课、晚自习,教室、食堂、宿舍"三点一线",这样苦熬、单调的日子日复一日。我们这一群十二三岁、朝气蓬勃的青少年,走出学堂,来到罗坝,那其实才是美好生活的开始。来到罗坝,扛起锄头,走进田间地头,广阔的田野、灿烂的阳光、头上的蓝天,不要说是白云从头顶飘过时让你平添了几分想象与诗意,就是那些"及时雨"不期而至让我们急急忙忙躲避的场面,一堆十多岁的孩子在一起,那也是跑得欢、跑得浪漫的精彩"镜头"！

罗坝远离县城，也就远离了。那时县城里最大的文娱活动是看电影，罗坝地处荒郊，连这也没有。甚至你想交流，人也没有。我们在罗坝有什么玩场？闲来无事，只有窝在宿舍里聊天，或者走出院坝，到外面看星星点灯，听青蛙打鼓，看萤火虫谈恋爱。除此之外，白天我还会走出院子的一道小门，到后山的松树林去逛逛。这里的树林好像约好了似的，都长成松树的模样——其实他们本来就是松树。松鼠也约好了来这里散步。说是散步，其实它们精得很，稍有响动，便跑得无影无踪。松鼠会爬树，我也会。闲极无聊，我便一个人爬上一棵松树，将自己想象成一只松鼠，在枝丫上挂着发呆。但我毕竟不是松鼠，时间长了，厌倦了松涛单调乏味的喧响，便"嗤溜"一声滑下树来，在树林里一阵疯跑，追赶野兔。野兔自然是没有的，跑得气喘吁吁之时，其实也就是我的自娱自乐终止之时。这里极少有人，自然也不可能有交流，揩揩汗，我还得回到那个农场。

夏季到来，雨水落地，四面环山的农场，菌子说是漫山遍野也不夸张。但缺油少水的，这些山珍海味我们不稀奇。倒是一个"帮厨"的工种我们乐此不疲。何谓帮厨？我们的农场一般不养闲人，厨师属于闲人，白吃白喝不干活——做饭算不得活计。但我们这些劳动人民总要吃饭，谁来做？自己动手，丰衣足食，同学们轮流下厨，轮到的就叫帮厨。大米是我们自己种，白菜是我们自己栽，这些都不稀奇。唯有节日宰杀自己养的肥猪，这时候要是刚好轮到帮厨，那么恭喜你了。人在锅边走，哪能不沾油，同学们的肉食供应，都是一人一小勺，帮厨的同学经受灶洞的烟熏火燎——那时候烧柴，比别人多享受小半勺肉食不算过分吧？可是这小半勺在当时的情形下，已经是能馋死人的福利了！

来到罗坝，享受一回没有围墙遮拦的风的亲吻，感受一次从大树罅隙间泄露下来的阳光的触摸，赤足走在没有水泥覆盖的红土地上，自有一种说不出的惬意。在这里，对着原野，你可以大声呼喊，哪怕喊破嗓子，没有人会笑你。放下作业，放下"少年维特的烦恼"，像野兽一样疯狂地奔跑吧！早晨，有鸟鸣将你唤醒；夏季，有池塘供你洗浴；放学，有大山伴你探秘；秋来，有野果可以果腹……无拘无束的日子，思想象野草一样疯长，这是一种什么样的日子！

许多年过去，我总是时常想起，当我们从田野里干活回来，匆匆洗上一把，拿上碗筷到食堂打饭，一路上谈笑风生，有说有笑，那样消遣青春的日子，好不惬意。一边用筷子敲打着手中的搪瓷碗，一边到食堂打饭。饭菜到手，蹲着、坐着、站着，就在宽敞的院坝里往嘴里拨拉，伴着风伴着雨，奇怪的是，这些与往常无异的饭菜，在这开放的环境里，却格外的香甜。因为是"半工半读"，所以有时早上也会上课，但是在这样一个抬头就能看到青松柳树的环境里读书，心情自然是不一样的。冬天的早晨，老师会像放羊一样将我们拽出教室，在露天下去读书。其实不只是寒冷的冬天，就是炎热的夏季，我们也会跑到教室外面，这时候，茂密的松树下，何等的凉爽啊！清风伴读，雨水伴读，小鸟伴读，不时还会有蜻蜓或蝴蝶飞到头上栖息。课间休息，撒野是必然的，恶作剧也是必然的，谁叫罗坝为我们提供了那么广阔的世界，那么浪漫的空间呢？灿烂的阳光下，坐在石头上，甚至晨露未干的绿草上，打滚或者看书——前者当然只能是一种想象。大概是阳光真的照进了我们的心灵，虽然有蝴蝶、蜻蜓捣乱，但我们兴趣空前得高，记忆空前得好，读过两遍的书就记住了。真是"罗坝农场空气好，青春做伴好读书。"

关于"罗坝"的回忆，是割不断的麦子，割了一茬，很快又会长起来。当然，有一点，我到现在也想不明白：为什么早上还在读书，下午就跑到田野里去了，我们好像也挺能适应，难道我们身上真的有收放自如的"转换开关"？春天播种的日子，男同学一般都要负责挑大粪、积肥之类又累又脏的活计，但对于本来就来自乡下的我们，这些都难不倒我们。插秧是个技术活，一开始，我们觉得犯难：自己插好的秧苗，往前走，不就被自己弄倒了吗？这时候才明白，为什么农民要一边插秧一边后退了——这是真正的"以退为进"。薅秧也有问题，一开始我怎么也辨别不出哪是秧苗哪是稗子，对稗子长得煞像秧苗佩服得五体投地。那时候，要将稗子从稻苗中分辨出来，还真不是一件容易的事，就像要年少的我们从人群中分辨出哪是好人哪是坏人。后来经验丰富了，发现再装得像的稗子也会露出"马脚"：比如稗子幼苗比稻子幼苗细长、光滑，我们会挑出细长的，再用手去摸摸植物的叶子是不是糙手；稗子幼苗叶中间有一条白色的筋，"一根筋"的我们就要挑出它的这一根筋；但我们最喜欢干的还是"枪打出头鸟"的活计——分裂期的稗子比稻子禾苗要高出一截，我们便揪住高的苗子不放，逮住一株那可就高兴了，有时在田中抢来抢去，都想多收集一些"战利品"，以至搞得田中陡生变故、水花四溅，这时候，最遭殃的当然还是秧苗，直到有老师出来制止。秋天临近，我们捆扎逼真的稻草人，我们甄别好与坏的稻谷，有一种叫"灰挑"的坏稻子，手一碰，会冒出一道烟，我们把它收集起来，猛然砸破，烟尘四散，仿佛引爆一枚烟雾弹。秋收是最为欢乐的时节，满眼的金黄让人欣喜，满仓的稻子让人欣慰，打谷机的轰鸣让人疯狂……春耕夏薅秋收，让我们避免了成为"四体不勤五谷不分"的剥削阶级，避免了我们把大麦当作韭菜，更主要的是，从稻谷的播下到收获，我们也收获了自己的青春，收获了青春的友谊，收获了友谊中的人生，我们从一个个稚气懵懂的孩童，渐渐成长为朝气蓬勃的中学生。

　　就这样，罗坝那些往事，太阳晒不化；罗坝那些往事，雨水淋不湿；罗坝那些往事，清风带不走……这些陈芝麻烂谷子的往事，像是扎了钢钉，深深地镌刻在我的记忆深处。多少年后我还在想，罗坝究竟是什么让我留恋。是它充满情趣的院子？门外宽广的坝子？这些都有一点。但更主要的，恐怕是它为我的青春提供了一个浪漫宽敞的空间，为我的心灵提供了一块健康快乐的芳草地，为我的人生提供了一片自由翱翔的蓝天，当然，也为枯燥的学习提供了一个可以放松的"课间"。本来，在罗坝，读书是"副业"，劳动才是我们的"主业"，可是种豆得瓜，歪打正着，主业丰收的同时，副业也没有落下，可谓一举两得，于是罗坝这个"农场"，也就有了不同含义。这，才是"罗坝农场"能够吸引我们，并在若干年后，依然留下美好回忆的缘故。

2016 年 7 月 17 日

百草岭上看鹰

马鹿塘

马鹿塘地处云南省禄劝彝族苗族自治县，马鹿塘在彝语中叫"七姑"，翻译成汉语，是狗多的地方，或是狗的集市。也有人说，过去这一带曾经有马鹿出入，撒营盘一带直到新中国成立前夕，还有豺狗、麂子这样一些动物。可见这一带是真正的山区。

说是公路，路况并不如预想中的好。幸得路两旁山清水秀，让人赏心悦目。来到马鹿塘，大片大片的杜鹃花，瞬间攻占了我的眼球。更令人惊奇的是，花丛中，不时见得到放牧的牛羊。在这里，牧人放牧牛羊，山风放牧白云，大山放牧花朵，人类放牧思想。对于我等久居都市之人，面对这样一种毫无准备的集群式的鲜花的轰炸，瞬间就沦陷了。但黑山羊很淡定，你拥我挤地堆积在野花丛中，或是一阵疯跑，寻觅到冬月树的叶子，便狠狠地啃上一口，却对身边美丽的花朵视而不见。不只是羊群，就是高大的黄牛、马匹也是如此。

"它们只关心草是否鲜嫩，却对花朵是否漂亮不感兴趣。"确实如此，不同的物种，处在不同的角度，他们的关注点完全不同。如同一只小狗看到低头吃草的马驹，会好奇地盯视半天，它或许在想："它干吗不吃鲜美的肉，而在这里啃食枯燥无味的草？"

在马鹿塘我没有看到马鹿，只见到漫山遍野的杜鹃，从我的眼前奔跑而过。它们是彩色的，如同五色鹿，从灰蒙蒙的山梁上一晃而过，或者如同巨人，驾驭着一匹匹山岗，从遥远的天际驰来，由远及近，或由近及远，瞬间闪出我的视线。

马鹿塘的杜鹃十分有名，成千上万的观者不远万里而来，不是为了马鹿，只为欣赏这里的杜鹃。这些杜鹃也十分给力，不是花园中那种纤细而矮小的品种，它们形体高大，如同蒙古马，比人类更伟岸，一不留神，就会将你淹没到鲜花丛。

人们都喜欢用“点亮”这个词，这一次我来到马鹿塘，不由自主地被眼前的杜鹃花点亮。

“现在好多花都凋谢了，要是上个月你来，会看到对面山头上的花开得多么艳丽。”一个当地的老人告诉我。

别看这些杜鹃普遍长得不高，它们可都是花中祖师爷辈的，少的几百年，长的上千年，不信你低下头来走近看，许多植物的身上，早已长满了“胡须”——那些披在它们身上的花白的地衣植物，一看就有些年岁了。不知从何时起，它们就在这片荒凉的山坡上生长，在这片偏远的蓝天下舞蹈，一茬又一茬，一年又一年。“有的已经谢幕，有的刚刚登台。”杜鹃开过，马缨又起。

“别看它们矮小，其实都是硬骨头呢。”阳光的曝晒，风雨的洗刷，岁月的打磨，早已磨砺出它们坚强的意志。要是你稍不小心碰到它们，没准会扎得你的双脚出血。真正的硬茬呢！

这里是海拔近两千米的高寒山区，植物生长缓慢。就算是山顶上不多的几棵青松，也不过比人高出那么一点点。我看见一棵青松，突然就俯下身子，呈一种跪姿，将自己纷披的松针与周围的杜鹃连成一片。“这才是亲近自然。”张菊兰妹子评论说。偶尔听得见一声羊的“咩咩”，很快被山风吹远。

当地人说，平时，花没开的时候，没一个人来，大山上十分荒凉。我能够想象，在这样一个远离村寨、远离人群的地方，如果没有鲜花，没有绿草，枯萎的杜鹃会是个什么样子。其实，就是在春天，在美好的四月，杜鹃的绽放也就那么几天。美好的时光稍纵即逝。是啊，一年四季的酝酿，那得储备多少能量，但备足弹药，真正能够登台展示自己风姿的日子，却屈指可数，其他的时间都是等待。这样的安排未免有些残酷，但残酷才是人生的常态。人生就是如此，在你的一生中，真正能够绽放光彩的，也就那么几天。因此，如果你想要有所成就，希望自己的事业辉煌，就得蓄势待发。绚丽的绽放，唯有盛夏时节。大好的时光，有阳光雨露，该盛放时便盛放，要撒野时便撒野，青春莫负年少。

这个春天的正午，阳光照耀得十分彻底，露珠还没来得及从枝头消逝，天空便迫不及待地将云彩浓缩成了絮团，仰望高处，目之所及，唯有一片蔚蓝。这种蓝，让人想起20世纪70年代流行的"阴丹士林蓝"，那是我国出产的一种布料，初产于民国早期，因为色泽纯净，给人留下很深的印象。现在，我面前的所见，除了这样的阴丹士林蓝，就是满山的红艳，那种红，类似于"玫瑰红"，当然它不是玫瑰，它是我们今天的主题——高原杜鹃。高原上的女子由于阳光的强烈照射，脸颊的两边红扑扑的，叫作"高原红"，我不知道，它们与杜鹃的颜色是否一致。阴丹士林蓝与玫瑰红相遇，两种颜色反差极大。它们的面积也大得惊人，无论是天空的蔚蓝，还是山地的火红，都是那样苍茫辽阔，无边无际。我们说草原是"天苍苍野茫茫，风吹草低见牛羊"，可是，此时马鹿塘的大地和天空，你却根本找不到任何一个形容词。玫瑰红就那样从山脚，不歇一口气就爬到山顶；到了山顶，没有任何接缝，便让位于广袤的天空而一望无际的蓝色没有一丝儿杂质，就那样穿过你的头顶，直达霄汉。其实我们见不到霄汉，见到的只是霄汉的"外衣"，她仍然是那么蔚蓝。这样博大的方块、纯净的色彩，很容易使人想起远古、时间、宇宙这样一些虚无缥缈的词汇，但关键的关键是，在这里，这两种颜色并不虚无缥缈，它们都有自己明白无误的载体。这也许就是为什么，来到马鹿塘，一路走来我什么也看不到，除了蓝天，漫山遍野只有杜鹃花奔跑的原因。而这，是否就是马鹿塘令人震撼的地方？

对于马鹿塘的杜鹃，我很早以前就有所耳闻。最早的时候，是看到网络上转发的马鹿塘的照片，那上面的杜鹃花，如同漫天的红霞，开遍山野，那时便心向往之。这次和家人朋友一起，一路驱车，经过近三个小时的颠簸，才到山野。道路堵塞，一路风尘，实为不易。当我沿着栈道，一路登临绝顶，看到这绝美的风景时，觉得一切都值得。

彝语中的"七姑"可以让人产生无限的联想，当然，这种联想已经不仅仅是一只看家的狗，或是一只越过山岗的马鹿。此时，我仿佛看到一只浑身赤色的巨龙，如同一轮金色的太阳，从岁月的山岗上一跃而过。这帧美轮美奂的画画，就这样在我的脑海中定格。生活中，美好的事物如同昙花一现，总是稍纵即逝，但无不在时空中留下痕迹，如同电闪雷鸣，强劲的光影之后，它那强大的精神能量，久久回旋于你的脑际。这样的情形有些像马鹿塘的杜鹃，在这荒野中一直绽放，从山头到山脚，从远古到现在，开了又枯，枯了又开，岁岁年年，循环往复，永无止歇。

这使我相信，花开虽然短暂，但人类对美好事物的追求，却是永无绝期，不会终止的。

野象谷遭遇野象

现在回想起来，那不过是一个极其寻常的早晨。三月的阳光普照大地，西双版纳——这个世人向往的美丽的地方，仿佛一个妖娆的贵妇，风情万种。

我们一行三人出游，刚好来到这里。因为周末，有一天的闲暇，朋友就说到哪里逛逛吧。但到哪里去呢？附近的寺庙，他们司空见惯；勐腊的原始森林，太远。最后觉得野象谷比较切合实际。但又一个问题是：在那里能见到野象吗？

"也许能吧。"来过西双版纳多次，并不止一次到过野象谷的我回答。说真的，到过野象谷三次，但我从没嗅到过野象的味道。如果对两个不远千里而来眼巴巴等着奇迹出现的朋友如实坦白，又于心不忍。于是只有装糊涂。

从高速公路下来，路边的森林越来越密。疏密有致的橡胶林，独木成林的大青树，看到这些热带雨林，少见多怪的朋友开始兴奋起来，一边议论，"哇，这么茂密的大森林，没有野象才怪……"我开始闭目养神，心里窃笑，让他们做白日梦去吧！恹恹欲睡中，突然听一个朋友惊叫，"野象、野象！"我被吓了一跳，睁开眼，但见一个很深的沟壑旁，停着不少汽车，人们在路边引颈张望。"就在底下的树林里，刚才有两头野象过去了。"朋友煞有介事地说。我开始后悔刚才不该呼呼大睡，错过这难得一见的景观。

进入野象谷，一样的蓝天白云，一样的绿水青山，就是没有野象，这是我早已熟悉的景象。为了避免行人遭野象袭击而架设在半空中的栈道，一直蜿蜒着通向园林深处。当然，没有野象，不等于这里没有精彩。人都有一种寻求补偿的心理，看不到野象，我就在野象谷观赏风景。多花白头树横在木廊中间，树梢刚刚发芽，树身上长出许多白苔，俨然已"白头"。斜叶榕枝繁叶茂，枝柯交错，独木成林。莽草抽绿，高矮错落；红椿发攒，堆珠叠翠。粗糠柴形象粗鄙，有暗香阵阵浮动；五桠果巴掌肥厚，似玉扇送来清风。五桠果又名"大象苹果树"，据说大象喜食。立于林边，林涛阵阵，风声鹤唳。蝴蝶在头顶乱飞，蝉声一阵紧似一阵。水边的蛙鸣，藤间的鸟叫，甚至不时还听得到大象的吼叫。落叶不是知秋，只不过是风过时偶尔卷走的一枚大树的徽章。有意思的是木奶果，茎部开花结果，挂红披绿，红的乃果实，绿的当然就是树叶。绞杀榕伸长了腿，盘根错节，状如长蛇，性如蛇蝎，在它附近生长的树木，只要被其攀上，必死无疑。杜鹃叶榕应该是花期已过，落寞地擎着一两片枝叶。扁担藤横扁担长；鸟巢蕨挂鸟巢高。粉花羊蹄甲飞走南岸；捧花羊甲叶荫庇北坡。叶钱摞翠的千张纸；枝搭凉棚的垂叶榕。火烧花冲天鸣放；金毛狗对地狂吠。皮紫叶红的名贵树木合果木，绽放金色的攀缘灌木玉叶金花，高耸入云的披针叶楠……简直就是一片又一片，一山又一山没完没了的植物轰炸。尖锐的鸟声划过，巨大的峡谷仿佛从中间裂成了两半，幸好有阳光的金线缝补，这飞针走线的一根根"针"，居然是巨大的原始森林。没完没了的高树矮木之下，热带雨林的各种奇观尽数展现在我们面前。

"快看野象！"我正在那细细欣赏风景，突然小张一声惊呼。待我们引颈张望时，只见幽深的沟壑里，一堆堆野象的粪便。这里一堆那里一堆，由干到湿，有些像拌好的水泥。坡地上，残肢断叶，到处是野象踩踏的印迹。细细看，依然不见野象的踪影。

"哪里有野象？"

"早跑了！"

这样的对话，实在让人败兴。

"那边那边，真的出来了！"终于看到，对面的箐沟里，隐隐约约，野象的身影浮现。先是六只，它们在密林深处游荡。因为山高林密，身影时隐时现。幸好有一条白线似的道路，它们走在上面的时候，我们得以窥见全貌。立在栈道上的人们屏息敛声，唯恐一不小心，就会惊跑远处的庞然大物。

一头叫"大掰牙"的公象现身密林，然后是"大噜包"家族。"大噜包"顾名思义，是因为带头的母象头上长了个大包。这一个家族刚刚走远，迎面又过来七只野象。说是"迎面"，这话一点不假，它们迎着游人的目光，悠然而来，全然没有一点怕人的样子。其中还有两只未成年公象——它的公母我们当然无法分辨，是身边的管理员告诉我们的。这五只大两只小的野象群落，看起来像是一个大家族，在两个巨无霸的带领下，两只小象屁颠屁颠跟在后面，再后面又有三只大象压阵，它们走走停停，不慌不忙，仿佛不是在一群游人的眼皮底下走过，而是优哉游哉去赴一场盛筵。其实想想也正常，这里是它们自己的家园，有必要对我们这一群"外来人口"做出什么反应吗？快要来到我们脚下的坡地时，象群停下不走了，它们发现了一丛可口的食物——其实也就是几枝稍显肥嫩的树叶，于是聚而歼之，很快便只剩下几个树桩，大象的胃口之好，食量之大，由此可见一斑。

导游说："我们有幸碰到野象谷的这一个'然然'家族，是野象群里脾气最大的象群。"正说着，一头"小弟"不知怎么落单了，它找不到象群，便怒吼一声，狂奔起来，前面不远处，另一只小象也像发疯了一般，追着前面的一只大象跑，从我们的眼前呼啸而过，速度之快，全然不像在布满树木、高低坎坷的大森林中。旁边的树木唰啦唰啦一阵响，居然有几枝镰刀把粗细的树干生生折断了！我从没想到一只只有一个三岁小儿这么高的小象，也能用这么快的速度奔跑，这算是在我的经验之外，见识了一回野象的高速度。

还有一只小象，只有小猪这么高，游客说，头上还有黑毛，怕只有两三个月大，公园的导游说不到一个月，一般小象出生后两天就会走路，不用一个月就可在山林中自由行走。这头小象很淘气，一会儿跑在前一会儿跑在后，一会儿又勾着横在路边的树枝耍赖不走，还不断往母象肚子下面拱，不分场合在吃奶。有一次，因为母象正在下坡，竟脚下一滑，一屁股坐在小象头上，将小象压了很久。正在人们惊呼之际，母象往前挪开，小象站了起来，忙着去追赶母象，看起来仍安然无恙。管理员说："这头母象曾被捕兽的夹子夹伤双腿，救助医治的过程中被新闻媒体报道，媒体征名，选中了然然之名。""大象发情了，你看那只长着长牙的大块头，两边脸上都是湿的，那就是发情的征兆。"发情的大象不止一头，那头叫"大掰牙"的公象，一路尾随着一头母象，到了一个土坎下面，撩起地上的红土给母象洗"泥巴澡"，现在又伸出长长的鼻子，在母象的脸颊上不断摩擦，状极亲密。大象洗澡为何要用泥土？"一个是发情，另外山上草枯了，这里河边低湿，树叶多、水多、蚊虫更多。往身上洒土，一来可驱赶身上蚊虫，二来可防晒，相当于擦防晒霜。"景区宣传员小陈说。

一个象群还在面前，另一个象群又来了。两个象群一前一后出现，会不会为了争地盘而发生械斗？我们有些担心。"不会，它们是母系社会，领头的是母象，除非两头公象争风吃醋，才会对决。"我们看见象群从脚下的栈道下面走过，离自己也就一二十米，怕吓着它，都不敢出声，但见它从我们身边悠然划过，如入无人之境，根本没有怕人的样子，这才放心下来，举起照相机拍个不停。象群在我们的注视中，慢慢下到谷底，在一条小河边停了下来。"河里有硝盐，是亚洲象喜欢的食物。"怪不得，大象一到河边，就流连忘返，忘情地谈起了恋爱。一头大象与另一头大象口鼻相接，不知道在打什么哑谜。"应该是公象发情期出来追女朋友，被我遇到真是不好意思。"有年轻人开起了玩笑。

粗略统计了一下，从早上11点到公园南门，下午5点返回，我们一共见到四拨共22头大象。"150万亩保护区，有150多头野象呢。在我们游览的这一带，总共有八十多头野象在活动。"管理员说。看来我们见到的仅仅只是野象中的冰山一角而已。

这次到野象谷，没有想到会与大象偶遇。一路行来，见过孔雀雉鸡，见过白颊长臂猿，不经意间与野象遭遇，仿佛中了头彩。"吉象"是"吉祥"的谐音，都说遇到野象你就会转运，我还是不在这里聒噪了，赶快去买一张彩票要紧。

2015年3月于西双版纳野象谷

大黑山背后的"己衣"

己衣大裂谷，不是长在地上的，不是活在尘世的，以为是大神捏造出来的。鬼斧神工，惊心动魄，叹为观止。

第一次听到"己衣"这个名字，总觉得不大像个地名，后来搞清楚是彝语的音译，就是"水旁边的寨子"，放眼望去，周边却见不到一条大江，或是一条小河，就是大裂谷谷底的黑鲁拉河也是深藏不露，要不是登上如天梯般横亘在峡谷之间的"天生桥"，你甚至连丁点儿的水花都无法看到。这就是在水旁边却又一眼看不到水的己衣。

大山见首不见尾，大山无语坐天边。山实在太高，在远远的天边卧着，仿佛一只蠕动的蚕茧。山外还有青山，一座连着一座，高的突然崛起，好像一段乐曲的高音部分，不时一道巨大的石壁竖起来，又仿佛一段音乐中的休止。这些大山都是乌蒙山的一部分。"乌蒙磅礴走泥丸"，对于己衣的人来说，大山是伙伴，天天一起玩耍；大山是神灵，常年供你祭祀。大山低眉，水流遍地，小溪潺潺；大山昂首，群峰起伏，高接云天。俯仰之间，错落有致，云开雾散，日出日落。人们喜欢将大山看作"龙"，虚虚实实，真真假假，呼风唤雨，出神入化，更主要的，是龙能呼啸而来，呼啸而去，上天入地，不受任何约束，也没有任何力量能够约束，无论是从出边地头起步，还是远接天涯的行走，无不是信马由缰，自由驰骋。如果说这里的大山真的是条长龙，己衣大村和对面四川境内的会理便是它的两只巨爪，金沙河谷最低处一定是它顾长的尾翼，一抬头，我们便可见到高耸的"大黑山"了。开门见山，走路见山，低头不见抬头见，大山无时不在、无处不在。或许，大山就是在峡谷里躺下睡着了的仙人，它一旦睡醒了，直立行走，便是一个活生生的人。当然，你也可以说这些山是时间堆积而成的，几千年，几万年，上亿年，海水退潮，大山耸起，沧海桑田，时间风化成一块块石头，石头堆多了，海拔升高了，岁月攀附着长胡子的大树，崛起成一座座森林，这便有了山。山是时间堆积而成的，又活化了时间，让时间有了形象，山里人看山，便盯着山头上的日出日落，日出而作，日落而息，这样一天天过日子，日子便过得踏实。

如果说绚丽的景色是上苍写下的一篇锦绣文章，一座又一座山峰是精彩的华章，那么，这篇文章的高潮部分便是最高峰——大黑山。但这样的表述又带来一个问题：大裂谷怎样算？在我的眼中，大黑山仿佛一个巨人，准确点说，是一个披着黑披毡的彝家汉子。他的形象高大，威武雄壮，头顶着天，脚踩着地，如同传说中的格滋天神。大浪滔滔的金沙江，就是这个巨人身上的银腰带；而己衣大裂谷，虽然雄伟壮丽，其实只是这个巨人身上的一个脚趾头。在大黑山的光芒下，己衣隐而不发，甚至甘愿做它身上的一个"零部件"。在大黑山巨大的褶皱中，还隐藏着一只螃蟹。这只"螃蟹"触角很多，已不仅仅只是八只脚——它，便是著名的螃蟹箐水库。这个号称武定第二大的水库，俯身于一大片松林的低洼处，看起来好像不起眼，但如果你想要绕着坝埂走上一圈，一天一夜也走不完。这算不算是一种低调？

不能享受行走的快乐，乘车路过的我们，当然只能是一个匆匆过客。天色向晚，森林愈发茂密，金子般的阳光仿佛一把把利剑，穿过松枝，迎面透过汽车玻璃刺进来，让人不得不眯缝起眼睛。群山排闼，远处的山峰沐浴在夕照下，青霭环绕，霞色笼罩，蜿蜒起伏，如驰如骋，仿佛万马踏尘，没有尽头。斯情斯景，如梦似幻，让人有一种时间停滞了的感觉——真正的"慢生活"。很快，夜色来临，天空低矮了，而且特别蓝，如同蓝丝绒一般铺展在眼前，满天星斗就是缀饰在蓝丝绒上的一颗颗宝石，那种亮，银子般耀眼，近乎失真。此时，半边月亮爬上山来，清凉的光辉遍洒群山，使得远山更加辽阔，简直看不分明，近处的大树突兀地从村寨旁冒出来，一笔一画，仿佛画家正在涂抹的墨色剪影。风很大，吹得峡谷裂开，吹得江水狂奔，吹得水中的月亮飘摇不定，就是远处传过来的号子，也被吹得四分五裂，我不知道，大裂谷的豁口，是不是也是大风吹出来的？风是如此之猛烈，山是如此之高大，峡谷是如此之幽深，真想不到，月亮还会那么轻而易举就翻越群山，轻轻松松来到街上，将它的光辉投向大地。大概是因为距金沙江不远，又因为地处巨大的峡谷，风一直很大，很冷，月亮仿佛是被大风从峡谷里刮过来的，刚才还挂在屋檐缠满瓜藤的尖角边，或是梨树又细又高的枝条上，这时候突然就飘到街上，皓月当空，将一条不长的街道照耀得明如白昼。街道上不见人影，仿佛被大风吹没了，现在还没到十点，居然看不见人，让人想起空无一人的鬼片中的情节。空气中满是灰尘的味道。冷风切割着月光，土坯墙固守着月影。金黄的苞谷挂在墙上，与白的月色黑的阴影形成极大的反差。

回到住处，二楼是个平台，近处的月亮仿佛触手可及。前面的山峦上，就在山尖上不远的地方，三颗星星格外耀眼。"那不是猎户座的金腰带吗?!"侄女激动地叫出声来。

天终于亮了，山顶上被夜猫子拱出的一轮红日，翻滚着一只巨大的绣球。此时，风已经小了，江边的芭蕉林与鸟勾搭在一起，唱起一阵又一阵温婉的情歌，而人裂谷，似乎只是一个漫不经心的旁观者，失落在一个巨大峡谷的纵深处。大清早，推窗见绿。高高的山头上，太阳一下就冒出来了——不，是跳出来的，就像一只山羊，刚看见它的头，一下便蹦起老高，而且颜色也不是小女孩羞红的脸庞，而是明快热烈，盯得你耳热心跳，像是热恋中的情人的目光。它的抚摸让人感到温暖。有了阳光，不但万物复苏，显现出活力，村子里的农人也纷纷下地。地头的南瓜、树上的柿子、远处山头上独立的青松，仿佛是这个村寨的胸针，在你的眼前闪闪发亮，还有一种不知名的果子，只有小拇指大，却缀满了从树枝上挂下来的藤蔓。有人在沟渠旁割草，有人在旱地里播种，公鸡在门前追逐母鸡，母鸡边跑边发出"咯咯、咯咯"欢快的叫声。还有一树水果，我们没见过，比足趾要大一些，呈椭圆形，吸引了我们的目光。

"这是什么树结的果子，不知能不能吃？"好奇的侄女问。

"能吃，但要炒熟。"一个声音接过来说。回过头，我看到一个年约六旬的老年妇女手里拿着镰刀，刚从地里回来的样子。她告诉我们这种果实其实是"大树番茄"。

这名叫李绍英的妇女，坦言自己是外村嫁过来的，傈僳族，已75岁了，闲不住，所以大清早就下地去了，现在已经干完农活回家来。她家的门前，吊着一个硕大的南瓜，看见侄女过去摸着南瓜合影，她便道："原来有两个呢，那一个更大的，扯断藤子掉下来，被我们摘了喂猪了。"一边说着，一边就给我们介绍大树番茄，还鼓励我们去摘，同行的朋友文春彩真的爬到上面去，她还大方地说："多摘两个没关系。"交谈间，我注意打量，只见她虽已70有余，但鬓边白发少见，脸上皱纹不多，总是一直很自然地笑着，一副无忧无虑的样子，当我提出与她合影，她也并不扭捏，只是嘴里说着，"老了，难看"，她并不知道，这样自然的美，才是一种大美，就像她家门前随意开放的喇叭花，或是门前红透的果实——这也便是我想与她合影的原因。

不知不觉到了大裂谷。原本是平缓的山谷，到这里突然就断裂了，仿佛被天神用一把大砍刀，猛然挥下，好生生的山峰被劈成两半，令人想到"开天辟地"这四个字。我们站在山的这边，看到裂谷对面有一个寨子，逆着阳光有些炫目，袅袅的炊烟下，房舍隐约，蒙蒙眬眬，让人有一种欲窥全貌的冲动。陪同我们的当地朋友文春彩介绍，对面是个彝寨，名叫"本冷等"，意为"裙裾摇摆的少女"，当年选择村寨时，长老正和大家商量如何给这个走遍千山万水才选中的村寨命名，抬起头来，就看到高高的山头上，站着一个穿着裙子的彝家少女，裙摆被风吹得高高扬起，美不可言，于是，村寨的名字就这样被定格。美丽的传说更加勾起了我心中"到此一游"的欲望。但从"天生桥"爬上去，还有一段距离。见我跃跃欲试，春彩便自告奋勇陪我上去，但攀到山腰三分之二的地方，就见拐角处已经塌方，路边的石栏早已落到了万丈悬崖之下。我和春彩攀着里面的岩壁摸了几步，觑眼看到垮塌处，下面的悬崖深不可测，仿佛有一种向心力使劲地将我们往下拽，一下子，脚就有些软了，心里想着向前，脚步却怎么也提不起来，无奈，只有打道回府。

　　我们住的酒店叫"天龙大酒店"，开店的傈僳族老板叫普桂萍，是个30岁左右的女子。她与春彩相熟，结账时，收了我们的钱，还一脸歉意。春彩说，她家贷款40万元盖了这个酒店，还清要20年，每个月要付给帮工5000元的薪酬，因此很不容易。我们吃了喝了，付钱原本天经地义，但她收钱时那一副为难的样子，给我留下了深刻的印象。我去过云南的许多少数民族地区，无不是民风淳朴，心地善良，你如果到了他们家，哪怕是个陌路人，他也会给你一口水喝，一顿饭吃，从不会开口和你要钱。来己衣之前，看过一部纪录片叫作《大美己衣》，我觉得这个片名十分贴切。如果说山川的壮美能带给我们愉悦，人物的俊美带给我们欢心，那么心灵世界的美，又会带给我们什么样的感受？如果你到过己衣，和己衣的人打过交道，感受过己衣自然风光的震撼，以及当地人的淳朴，那么自然就找到了答案。心灵不会说话，但会通过一个人的一言一行表现出来，这种美客观存在，却不张扬，一个善意的眼神，一句贴心的话语，都会让人难以忘记。自然之美，人物之美，心灵之美，都会给人以美感，如果这些美聚合起来，都让你碰到了，这就是真正的"大美"。

大黑山背后的"己衣"，是不是就能给你一种这样的感觉呢？

2015 年 11 月 25 日

一棵麻栗树

一棵麻栗树长在悬崖上，除了绿色，没有其他的风景。

再往高处，成片的沙松封杀了一切空间。一棵麻栗树突然窜出来，与沙松比肩，你追我赶，直达霄汉。这里是典型的混交林，你瞧，阔叶林的麻栗树张开巴掌捧着阳光，针叶林的沙松戳破露珠，在阳光下熠熠闪亮。旁边一棵水冬瓜树耐不住风寒的侵袭，飘下一枚落叶，打破山里的寂静。这样的景象在我的家乡云南司空见惯。

古老的麻栗树，它的穿着打扮稀奇古怪：衣服是青苔做的，眼睛便是啄木鸟在树身上开出的一个孔，百褶裙就是披散的树叶。鸟鸣是它的歌唱，林涛是它的话语。大森林就是它永久的家，它从不曾离开森林半步。

在路边，我看到一棵麻栗树顶着淡红的叶，如同一个山村女孩被阳光晒红的小脸。当然，我之所以对它留意，更主要的还是它出现的时点不对：现在已经是十月，早已进入秋天。按理说，树木春天攒绿，秋天落叶，这是理所当然的自然规律，可麻栗树为何要反其道而行之呢？这个问题，我沿着溪边的道路走了很久，还是想不明白。溪水黑而纯净，时不时翻起一阵白色的波纹。这里阴湿寒冷，严冬未至，便已冰封。

紧邻溪水，是一棵低矮的麻栗树，似乎在守着这一泓清澈。我有些疑惑，小溪一去不返，那么绝情，麻栗树干吗一年四季在这里候着？我想告诉它，这条小溪看起来似乎没有什么变化，但它日日奔流，不断向前，早已不是那条小溪，或者说，守望它的河床依旧，但这里的河水，早就不知所终了。真的不知所终了吗？其实是沿着山涧流向大河，再经大河归入大海。这就是一条小溪的志气。比较起不起眼的小溪，麻栗树可以说是胸无大志。它常年困守深山，故步自封，因循守旧，从小到大决不迈出山门一步，它最大的理想，便是将枝叶伸展得开阔一些，可以从溪流直达岸边，或者树尖越过群林，可以承接到更高处流淌下来的阳光。这就是一株麻栗树的终极追求了吗？

一开始，我以为麻栗树是柔软的。是的，比起沙松每片树叶都是锐利的尖刺，麻栗树舒展的手掌常常给人一种错觉，认为它是柔嫩的，甚至是弱小的。当我用手抚过它的手掌，再轻抚它的边缘，手指突然被毛刺划伤，这时候我才发现，麻栗树每片树叶的边缘，都是一溜儿尖利的锯齿，仿佛一排排齐生生的牙齿，不小心就会咬你一口。除了树叶，它的躯干更是坚硬，可以做烧柴与栗炭。这下我明白了，麻栗树是在以自己的坚硬对付环境的坚硬，虽然这种以牙还牙、以硬碰硬的办法容易使自己受伤，但在高原恶劣的环境里，你还能有什么更好的办法？

也许，这就是在艰难环境中，麻栗树还能够生存下来的理由？

茅厕变迁记

"吃喝拉撒"中，"拉"作为身体的最后一道关口，任何人都无法绕开。虽然是个肮脏之地，但厕所的进化，却能够直观地看出一个地方的文明程度。这里，我就和大家分享一下我所经历的厕所文化。

我的家在云南省永仁县的一个彝族山村，是一个"屙屎都不会生蛆"的穷地方。二十世纪五六十年代，在我们那，厕所被称为"茅厕（si）"或"茅房"，从其称谓，可知是由茅草盖成，只要能遮风挡雨即可。虽然简陋，但比起祖先"户外"方便，已有很大改进。

我家的茅厕十分简易，就是在猪圈旁的空地上，挖出一个巨大的土坑，在上面覆以几根圆木。圆木是杉老树做的，我们家乡到处都是，属于就地取材。因为是圆木，每一根和每一根之间，还要留出间隙，才能行使方便之便。

一次，少不更事的我因为蹲久了，腿麻了，一不留神，圆木滚动，人仰马翻，一下将我掀入粪池。一瞬间，臭不可闻的粪水便淹到了我的胸部。我挣扎了半天，才狼狈地从又湿又滑布满蛆虫的粪坑里爬上岸，见自己浑身粪便，十分恶心，便发一声吼，奋力往厨房跑去。为何要进厨房？因为我们家后院有一个水塘，但建在厨房的后方。看我呐喊着冲过厨房，"扑通"一声跃入水塘，母亲十分诧异，不明就里地问了一句："哪里着火了？"

哪里都未着火，但我的心里，比火烧还要难受。

后来一次与厕所有关的事件，发生在二十世纪八十年代中期。那时候我已大学毕业，分配到一家电影制片厂工作，享受了"公厕"的待遇。

但我的住房和办公室里还都没有配备专门的厕所。所谓的公厕，就是在距离住所和办公地不远不近的地方，盖一间砖瓦房，供整个厂区的职工和家属共同使用。空间比教室小一点，分男女两室，里面有十余组蹲坑，男厕还会顺着墙根凿出一溜小便池。蹲坑与地平齐，砌成一个个长方形凹槽，俱用水泥打造，坚固结实，人蹲在上面，再也不用担心发生倾覆的危险。这样的"蹲厕"，仍缺乏独立的冲水系统。每个星期天放假的时候，张老三便拖着一根长长的皮管，逐一冲刷每一个蹲坑，纵如此，有时还是能嗅到一股馊味。当然比起农村的"茅厕"，这已经是鸟枪换炮，独领风骚了！

由于整个厂区100多号人只有一间公厕，有时也会拥挤，不到万不得已，我是不会去"占着茅坑不拉屎"的。有一次，不知什么原因吃坏了肚子，憋到山穷水尽之时，才从办公室以百米冲刺的速度往公厕进发，未料刚到厕所门口，便与正从公厕里面出来的一个同事狭路相逢撞在一起，顿时眼冒金星，鼻血喷涌。摸一摸门牙还在。看到同事一副龇牙咧嘴的样子，我十分尴尬正想道歉，同事摆摆手放我一马，才使我不至于尿裤子。这件事使我意识到，虽然从农村的"茅房"升级到工厂的"公厕"，但如厕需谨慎，厕所仍然是一个危险的地方。

日月如梭，转眼到了二十一世纪的今天，我在省城的发展顺风顺水，职称也评了"正高"，一家三口住在120平方米的三室两厅洋房，家里有厕所，而且不止一个，按照原先的设计，客厅旁边和主卧里面各一，高峰之时，就是家人也可以两个人同时享用。

或许是由于从小"蹲"惯了的缘故，我对"坐"在上面的便器不太习惯，和太太商量之后，复又将客厅旁边的马桶改为蹲坑，儿子笑我穷惯了，不会享福。

　　儿子的话有一定道理。如今的厕所，不但空间独立，干净整洁，有灯光，还有换气扇，带球形锁的门一关，安全无隐患。当下时兴微信，儿子一如厕，手上捧着手机，嘴里哼着歌谣，一时半会根本出不来，卫生间俨然成为一个休闲娱乐场所。这时候我不禁感慨：厕所在人们的观念中，虽然是一个"肮脏之地"，但不同的时代，不同的社会，也会诞生不同的"厕所文化"，由厕所文化，我们可以看到一个地方的文明程度，由"茅厕"到"马桶"，从"蹲坑"到"坐便"，不仅仅是一个叫法的改变，它还包含了人们生活水平的巨大变化，当贫穷成为过去，这时候，纵如臭气熏天的厕所，也能变成美丽的天堂。小小厕所的变迁，谁说不是 70 年中国社会发展的一个缩影？

美丽的大嘴

　　平生，我第一次俯下身子看山。也许，我们真的站得太高了——这里可是 3200 米的海拔。你看那虚空的高处，离天不到三尺了吧？从来，高山仰止，我们对高山的崇敬，就体现在"仰望"这两个字上，唯有这一次，我是俯下身来看山。

　　"怎么，我们好像飘起来了——我感觉自己就在云端！"我指着不远处大山里流出的山泉道。"那真的是山泉吗？不会是云彩里流出的玉液琼浆？"

　　当然这也说明，我们一开始就占领了制高点，一开始就到了山的最高处。

　　山坡越来越陡，树木越来越稀，天却愈发地敞亮了，就连云彩也成了透明的丝巾，仿佛太阳就是一个巨大的灯泡，我们愈走近它，光亮就愈刺眼。我不是一个善于撒谎的人，但我还是不得不告诉你，当我欣赏大山包的时候，无须抬头——也就是省略了我们说的那种"仰视"，大山包的景色就在脚下，你一低头，风景就在你的脚下。这让我走路不得不格外地小心，生怕踩坏了山谷里的浓雾，或者虚空中尖利的鸟音。

　　还有一条便道，可以直达鸡公山。但我没敢轻易踏上这条道。"没有登顶也是一种登顶"，这是吕翼兄弟的一句话，这句话让我想起了"退一步海阔天空"的博大胸怀。

　　更远处，一条细流在阳光下闪亮，说是细流，其实那是一条绵长而汹涌的江——金沙江。此时，狭长的江流如同一把锋利的刀，切开峡谷，切开大山，明晃晃地横亘在群山绿野之间，绿色的群山好像是被它切割出来的一小块一小块不规则的豆腐。"那些豆腐块其实都是村庄，是邻近的另一个县。"我身边的朋友说。如此山高水远的地方，又有那么深不可测的峡谷挡阻，这些居住在村子里的彝族人，他们是长了翅膀的老鹰吗？否则他们如何到达自己的家？

"小李你看，"红姑指着对面的山脊，有些惊异地说，"对面的山脊上，好像开了一条裂缝？"

"那不是裂缝，那是大地的伤疤！"小李驳斥道。

"那不是伤疤，那是大山的嘴巴！"红姑有些不服气地说。

"大山的嘴巴？哇，这嘴巴得多大啊！"小李被逗得笑了起来，"你看她的嘴角，左边还在山梁上，右边早已延伸到了山脚，好大好大……"

这是我为正在改编的电影在大山包设计的场景。在我头脑里乱七八糟设想男女主人如何在大山包登台亮相的时候，我和作家吕翼、宣传部郑副部长一行正走在大山包"上嘴唇"的位置。沐浴着暖洋洋的秋阳，吹着峡谷里经过大雾过滤的紫雾，一种幸福感油然而生。

在庸常的生活中，我们的想象力被禁锢。可是来到大山包，就像一群羊儿突然跑到原野里，不撒野都不行，我们此时的情景就是这样。山在我们的面前静坐，水在我们的脚下奔腾，风携带着大雾，呼啦啦就从峡谷里升起来，一瞬间，就跃升到了云的高度。平时，我们在城市里看云，都是被汽车的尾气熏黑了的，就好像一块脏兮兮的抹布，这一回，云彩真的是被大山包的清风洗干净了，就像一个特爱整洁的女孩的手帕，从山的高处飘起来，从树的高处移过去，再从我们的想象里飞升……尤其是，这印象主义式的大山的"嘴巴"实在太大：它的起始，在大山的尽头，终了，却已在小溪的脚边……这开天眼似的"大嘴"啊，被大山的胸怀簇拥着，被白云的"手帕"揩拭着，被锋利的山风切割着，就这样横陈在天地之间，成就出一种亘古未有的博大景观。

好一个美丽的大嘴！

山是宏阔的边，水是流动的绕指。在大山包，群山和溪水是你永远看不完的风景。这里的山呢，总是那样高大威猛，有一种雄性的美。仿佛为了衬托山的高大，在云南的大山中，无处不"伴生"着溪流的纤细与弱小。先不说蚂蚱、蜻蜓这些弱小的动物，或者小蚂蚁与大山伯伯的故事，就是一阵风，虽只是一掠而过，都能在博大的群山中营造出自己的气势。大树上的藤藤蔓蔓、花花草草，这些真正的伴生植物，我们当然见过。对于这些千百年在原始森林中生长的大树，这些小花小草似乎显得很弱小；对于巍峨的大山，一棵大树，显得也很"纤弱"，更不要说漫山遍野的茅草，它们的存在，大概就是为了衬托大山的雄奇与恢宏？

大山中的生灵，似乎都有一个特点：形体弱小却性格坚韧。比如云南小种马，它们的身体与骡子差不多，但它真的是马，在高原的大山中可以飞跑如风，有人形容它快似闪电，这或许有些夸张，但在茂密的森林中，它一会就跑得无影无踪，还真让人感到神秘莫测。高原上的男人女人，也都大多形体弱小，有时我真怀疑，他们是不是生错了地方，怎么如此雄奇的大山，生活在其中的人类却恰恰如此瘦小？女人倒也罢了，她们小巧玲珑一些，会更加惹人怜爱，但高原的男子汉呢？因为"男子汉"这个词，本身就与弱小无缘！后来我才发现，其实"弱小"只是一种表象。当我看到一个并不高大的女人，背着一花篮薯藤或松毛；一个身体瘦小的高原男人，背上压着一座上百公斤的木柴，他们虽然不断在擦着额头的汗，却并没有因此被压趴下……这还不算什么，更加令人惊异的是他们的韧性，他们可以年复一年、日复一日地在山中坚守、劳作。这让我想到那些山中弱小的植物，譬如一株茅草、一朵野花——这真的是乌蒙山中的奇迹。本来么，一朵鲜艳的花，无论它长在温室或是山野，我们联想到的大多是"艳丽""玩赏"这一类的词汇。高原大山中的花朵当然也是美艳的，你也可以采摘一朵献给心爱的恋人，但同时它又是生命力极强的，哪怕长在荒山野岭，甚至是在悬崖之上，没有更多的土壤，周遭都是坚硬的岩石，但它还是能从岩缝中探出头来，从岩石的巨大挤压中，奋力地扩大自己的营地，足迹遍布山野，就算高大的树木也不得不让它两分。这不是生命的奇迹？乌蒙山中的男人或女人，他们的性格也如山中的野花，生于贫瘠，长于忧患，最后在孤寂与艰难中成就自己的人生。

"那些单薄的草，瘦削的树／它们选择站在一场大风中／必有深深的用意"此时，我想起了张二棍的诗句。切勿小看这里的一花一草。小小的茅草看着十分纤弱，但它可以长满一座大山；一棵树或许孤单，成片了就是一座森林；哪怕一块毫不起眼的石头，经年累月，都可以撑起一座大山；山脚下的小溪，用它那一碰就碎的浪花，一天天敲打，居然也在群山中凿出一条路，于是在大山间，它就可以唱出一首豪迈的歌，伴随着溪流一路迤逦而去……更绝的是头顶盘旋的山鹰，比起一座山，它们的身躯几乎可以忽略不计，但它们掠过树梢，将尖啸的麻雀远远甩在身后，在蓝天上一个鹞子翻身，就到了云端，就是袅袅娜娜不断往高处攀升的紫雾，都成了它们的背景，其体积不大，但能量不小，翱翔蓝天飞越长空的勇气尤其可嘉，这真是一曲"以小博大"的雄奇颂歌啊！

我来的时候正是秋天，阳光的金手指温柔地在群山之上缠绕，也抚过我的头顶，带来一种无法言说的温暖。已经是十月之末，秋老虎眼看没有几日可以肆掠，除了将田野里的稻茬涂抹得萧条，就只能借强劲的秋风，一阵阵鞭打山中的乔木。落木萧萧，仿佛在唱一首嘹亮的歌。景色有几分萧条，但来到大山包的人，仿佛因为山中空气的荡涤，心也格外地净化。这里虽说清净，大山包倒也并不寂寞。山坡上有老牛吃草，河谷里有牧羊女坐在水边的石头上发呆。而石头凿成的、木板铺成的驿道上，除了天南地北涌来的"驴友"，就是修身养性的当地人，这其中，还夹杂了一对对十指紧扣的情侣。这里真是年轻恋人约会的好地方啊，且不说一路上荒凉中不时夹杂着的一朵两朵野花，正好可以赠给女友；面对胆小些的女孩，那令人眩晕的悬崖绝壁，正好可以扮演英雄救美的哑剧；兴之所至，那古道边碧连天的芳草，两个人不也可以坐下来，女孩子靠在男孩子的肩头，静静地小憩一会，说一说情话，那是何等的浪漫啊！这里没有海誓，但可以有山盟。在这里，男人会变得更加雄健，面对群山，他们的心中不但会升腾起一种浩然之气，还会激荡出男子汉特有的豪迈。此时，一个女孩子就这样靠在一个男孩子的肩头，后面是高大雄壮的群山，女孩的心中也一定会感到安全与踏实。我想，源自这样的环境中的一种爱情，也一定会更加长久和"靠得住"吧？

情定大山——怪不得山坡上到处是一对对相依相偎的眷侣。

来到大山包，我的想象被风吹起了，扬得老高；我的思绪被山顶起来了，矗在云端；我的思想被秋天烤熟了，有一种火塘边的麦香。我的耳朵里灌满的，是山野浪漫的爱情，而眼睛里看到的，就是这美丽的大嘴了！

这时候我突然明白，美丽的大嘴，就是大山包的嘴：它吞云吐雾，屹立于云端；它戏浪于冰冷的小溪，足尖就在清澈的溪边；它呐喊于逶迤的山腰，借助于春天的雷电；沉默时，闭合的大嘴，唇齿之间，那里就是牛羊的天地啊！

清凉的秋风吹来了，带着淡淡的稻香。现在已是深秋，路边那金黄的树叶，将山中的秋风也卷成金黄的颜色，从我面前吹过的时候，我嗅到一种稻子金黄的气息。稻谷是收过了的，田野里尽皆是黄灿灿的谷茬儿。蜻蜓的翅膀被露水打湿，落在田埂上，有一种载不动的沉重。但我的心里却是暖融融的，大山包并没有一丝寒意，看来，大自然的冷与暖，在人间情感面前，也会不知不觉发生改变。

如果我告诉你，有一张大嘴，上嘴唇顶着天，下嘴唇触着地，它的嘴角从东到西，涵盖了整座山脉，那你一定会说：未免太夸张了吧！这还是嘴唇吗？确实，我这里所描述的，并不是一个真正意义上的嘴唇，而是一座山川，它的名字叫"大山包"。

其实昭通的美，不只在大山包。才从山上下来，住到艺术创作中心的小楼里。翌日，创作中心的吕翼兄约我下来吃饭。吃过早点，就见厨房门口，一棵梨树果实累累，在早晨的阳光中熠熠闪光。我刚要叫一声"绝"，又看到柴火旁牵牛攀爬，花朵红艳艳地盛开着，一时诗意顿生，脱口道：

> 清晨晓露寒，
> 梨儿似铃铛。
> 鸟鸣曲径远，
> 柴火煮花香。

这不经意吟出的诗句，虽然不甚押韵，却表达了我此时的心境。

走在大山包，到处是荒凉的土地，到处是衰草与贫瘠。但你切莫小看了这样一片土地。昭通苹果名扬中外，你当然早就知道了；这里还是我国野生昭通天麻的原产地。据说现如今，这里又种上了"安地斯山神赐的礼物"，只有美洲群山中才能生长的珍稀植物——玛卡。

"只要能在大山包生活，当牛做马也愿意。"回来的路上，看到一匹小马在山坡上吃草，走近了也浑然不觉，同行的老廖说。小马大概不知道老廖为何会如此羡慕自己，他仍自悠闲地吃草，头也懒得抬一下。

仿佛是要为老廖的感叹添加注脚，天空一下子放晴了。本来，我们出发的时候，老天爷还阴沉着脸，但此刻却像大姑娘的心情，很快就阴转晴。不知道天空是不是被谁洗过，蓝布似的高高晾着。大雾无端地从峡谷深处飘起来，惹得人的心情也飘浮不定，更缥缈的是高处的云，从这边的山头上一扯，就到了天的更高处，再加上有风托着，越飘越远，直到消逝在无尽的虚空……

大山包，这里永远是变化无穷的人间胜景——不，应该是变幻莫测的世外桃源——否则，它又怎么配有一张"美丽的大嘴"呢？

2014 年 12 月于昭通

糍粑

　　在我的词典中，"糍粑"一词是有味道的。试想一下，在遥远的小山村，当你看到一个年轻的村姑，婀娜着身姿从田埂上袅娜而来，她不施脂粉，挎着竹篮，竹篮里铺了一层翠绿的松针，松针里包裹着一个又一个雪白的糍粑，这时，你嗅到的究竟是一种怎样的芳香？在我记忆中的糍粑，不但有不一样的芳香，还有不一样的颜色，形象点说，就像那种可爱女生雪白粉嫩的脸，让你有一种想要触摸的欲望。

　　这样的描述会勾起你的食欲吗？在我的家乡，糍粑的功能单一：就是为了果腹。这样一种直奔主题的食品，也许不会引起你的重视，但要是我告诉你，这是专为新年准备的食品，而且每年只有一次，品尝它，一定要赶在大年三十，一定要赶在古老彝村，你又会有什么样的感受呢？

　　这里我还要告诉你，糍粑的金贵不仅仅在它的奇香，也不仅仅在它的美色，还在于制作它的过程。过年了，天南地北，全家老小，不约而同，如一股洪流，往家乡的方向奔泻，这就具备了吃糍粑的两个条件：一是人物众多，不缺食客；二是劳动力荟萃，能够将煮熟的糯米一碓碓舂成成品。碓有"水碓""家碓"之分。所谓水碓，就是借助高山流水为动力，将预先放置在碓窝里的糯米碓碎，做成粑粑。家碓呢，当然是在家里，用人力将糯米碓碎。从材料看，两种碓都由木头制成，结构也差不多，皆由木头做成碓头碓尾碓身子，可统称为"木碓"，再加一个大石头做的"碓窝"，就是整个水碓木碓的全部。富裕些的人家才有水碓，因为那除了碓，还要引水开渠，搭建碓房遮雨，耗资巨大；不像家碓，只要用几根山里砍来的原木，横七竖八，拼拼凑凑，就可支在自家院子里使用了。但我对家碓情有独钟，还有更深层次的原因。

我的家在遥远的大山之中，那里山高坡陡，缺衣少食，森林之外，石头遍布，一年之中，总要有三两个月在饥馑中苦熬，尤其时近年关，天寒地冻，一个如我等山村孩童，饥一顿饱一顿，此时，对美食的渴望，简直是无以复加，更不要说是香喷喷的糍粑诱惑了！试想一下，即将过年，母亲收割好新谷，远在他乡的父亲回了，雄鸡报晓，天还没亮，读了一学期学堂的孩子们，睡得多么的香甜啊！此时，"嘣咚、嘣咚"，一声又一声，一下又一下，单调的重复，在清晨的山村响起，这是一种什么样的节奏，一种什么样的音乐？我对家碓的喜爱，我对糍粑的情感，就是在这样的景况下培育起来的。

碓窝灰黑而冰冷，糍粑却雪白而温暖。当一群孩子从睡梦中醒来，循着若有若无的碓声，沿着似淡似浓的糯米余香，穿过院子，赶走觅食的鸡群，来到碓房中的时候，随着碓身的起伏，随着碓头的上下，我们看到碓尾踩碓的母亲早已挥汗如雨，而碓窝旁的父亲，正抱着雪白的糯米团即将成型。不用任何人号召，我和弟弟妹妹如同觅食的小鸟向碓房飞了过去。或与阿妈踩碓，或帮阿爹添米，跑前跑后，嘻嘻哈哈，一家老小，其乐融融。这样的时刻，吃到嘴里品尝到的呵，又岂止是糍粑的滋味，糯米的香甜？

2019 年元旦

江之源

　　这次的旅行，一直是溯源而上。

　　先是从我的老家永仁出发。方山脚下，江水轰鸣，这是金沙江在发威；到了四川的盐边县，雅砻江如走龙蛇，曲折蜿蜒；再往上，是一条不知名的小河，涓涓细流，浪花晶莹。三条河其实是互为母子的。从涓涓溪流开始，到穿山过箐的小河，而后金沙江奔向长江怀抱，最后汇入一望无际的大海。这期间，金沙江像一个善于奔跑、善于结交各路英雄的豪杰，从云南到四川，再从四川到三峡，浩浩汤汤，直抵长江，成就了一个从小溪壮大为一片汪洋大海的神话。

　　溯源而上，我希望找到金沙江的源头。

　　雅砻江是一条清澈的江。沿着江边一路行走，就好像走进了一条长长的画廊。河岸对面，山如画屏，或圆润如球，或尖削如刀，无不各具特色，多姿多彩。山很陡很大，一路森林茂密，偶尔遇上一处没有树木遮盖的地方——山崖的高处突兀地裸露在外面，就如彝家汉子赤裸的胳膊，在阳光下闪着油亮的光；或山腰树少，浅草如织，又会成就一条绿如腰带的长缎。在一弯陡壁的江边，江水突然急了起来，对面的群山，仿佛被削去了一半，这剩下的一半啊，岩石参差，这里一块白的那里一块紫的，其情形有些像瘌痢头，不大雅观。可喜欢摄影的老颜却说："要是用相机拍摄下来，把它调成黑白，谁说不是一幅难得的中国山水画呢！"江水细窄处，激流澎湃，有如虎啸；江面宽阔时，水流舒缓，仿佛贵人慢步，不疾不徐。在一处江面较为开阔的地方，有人划着小船在打渔，因为此处公路与大江挨得较近，我们便停下车跑了下去。打鱼的是个小伙子，看来收获不错：船舱里搁着两条不小的江鱼，在那里活蹦乱跳。小伙子说，他原本在南方一家跨国公司搞管理，最近想家了，回家乡休息几天，顺便打两条鱼解解馋。哦，原来是回乡休闲的白领呢！

雅砻江的上游，建了著名的二滩电站。我们一早出来的时候，看到这"高峡出平湖"的地方，阳光灿烂，晓雾迷蒙，光与影的交汇处，仿佛仙域圣境。路边野花繁杂，山上绿树成林，富含负氧离子的空气，仿佛可以洗净你的五脏六腑。

在这之前，我们还到过金沙江与雅砻江交汇的"两江口"。远远看去，雅砻江与金沙江的交汇处，一条江流较为清澈，看上去绿如碧玉，挨近处的一条江流则十分浑浊，宛如一张陈年旧纸。两江突然交汇，不同颜色的水流撞击在一起，纠缠了好长一段，方始完全混合，这时候清者不再自清，浊者也不再自浊，而是你中有我，我中有你。在这里，江滩明显宽了，江流也明显缓了，金沙江的水流，也明显壮大了。离两江口不远，雅江桥巍然耸立，为两江的"胜利会师"平添了几分壮观。

再往上，雅砻江的水越走越清。雅砻江又称"若水"，据《山海经》记载："南海之内，黑水之间，有木曰若水，若水出焉。"传说若木可以接日通天，是神仙来往天上人间的梯道。据其"未叶先华，光照大地"等描写，未长树叶而先开花，这倒很像是对攀枝花树的描述——因而这里所说的"若木"很可能就是这一带到处生长的攀枝花树，只不过加进了先民的巨大想象。这样说来，雅砻江里流淌的不只是水，还有丰富的神话与传说。屈原即在《离骚》中说"折若木以拂日兮！"又在《天问》中提出"羲和未阳，若木何光？"的疑问。人们正是将这神秘之木下的河流，顺理成章地名之为若水了。"若"与"泸"，其义都是指"黑"，至今彝族、羌族仍称"黑"为"若"。故若水与泸水（金沙江旧称）一样，都是黑色河流的意思。若水之指雅砻江，从古至今无异议。其实，沿江而上，不但江流清澈无比，两岸植被也十分丰富，不论是远处群山中高大的乔木，还是路边上低矮的灌木丛，无不生机盎然，让人沉醉。路边上，不时有红墙碧瓦出现，突然从居所中走出一个穿羊皮褂（一种彝族传统服饰，用山羊皮缝制而成）的彝族人，就好像神仙下凡。一条没有污染的河流——这可是金沙江的源头，也是长江的源头啊！沿着这条清澈的河流往上，山越来越高，水越来越清，雅砻江水却越发流的舒缓，安宁河与雅砻江就在这里从容不迫地交汇。雅砻江最上面的一条"无名河"——后来我从渔门镇郭副镇长那里知道，这条河其实是有名字的，就叫"清河"。清河渗入砻龙江，雅砻江汇入金沙江，金沙江流入长江，长江融入大海，这样的流程是否说明一个真理：小溪总要归入江河，江河总要奔向大海？这就像中华民族的大家庭，不管纳西彝族，不论云南四川，时常相邻而居，共生共存，共同融入中华民族这个大家庭。

> 雅砻江的水最清，
> 二滩的景最美，
> 阿表妹的歌最甜，
> ……

罗教授的研究生拉玛一佐对她旁边的"小表妹"罗布阿柱唱起了情歌。他的歌声嘹亮，撩得雅砻江的清水起波浪；他的歌声悠扬，唱得身边的表妹绯红了脸庞。虽然景美人靓，但一路上稀稀落落的树瓜、参差不齐的玉米、迎风摇曳的苦荞提醒我们，这里一直以来都是彝族人民生活的地方，他们曾经贫穷和苦难，如今还有一些老百姓在这里顽强地与恶劣的环境做斗争。翻开近代史我们便可知道，直到新中国成立前，大小凉山还处在奴隶社会的意识形态之下，在"万恶的奴隶制度"下，大小凉山的社会生产力水平十分低下，长期停滞不前，土地和奴隶都是奴隶主的财产，想打就打，想杀就杀，说老百姓处在"水深火热之中"，一点也不为过。现如今，山美水美人更美，阿表妹的歌为何最甜？那是因为她们的生活美满幸福啊！

"多美的山，好美的水啊！"看着车窗外，来自云南禄劝的彝族教师张菊兰由衷地赞美道。

"这算什么，我们今天要去的目的地，看过那里的高山杜鹃，才真让人流连忘返呢！"给我们做导游的摩梭女孩杨优追娜姆口气有几分夸张。这一路行程，我们一行参加"第三届金沙江彝族笔会"的作者，队伍十分庞大，不但有知名的彝族作家，还有四川民族大学彝学院罗庆春教授的关门弟子，这些博士先生、硕士女士既有彝族，还有纳西族，都对彝族文化十分钟情，因而和我们聊起来，也十分投缘。

高山之外，还有高山，车子一路往上、往上，似乎已经飘到云彩里去了。一路观景景不厌，一路看山山不同。虽说满眼青山，但却层次清楚，绿、红、黄、青俱全。靠近公路的地方是一大片草地，野花与灌木间杂；往上是大片大片的红土地，彝民在上面开出山地，种上了庄稼；接近山腰部分，是高低错落的苞谷秆，时值初秋，染上了几许淡淡的金色；山腰以上，森森密布，直达山顶。山顶或圆或尖，造型各异。有云出没，半遮半掩；云开雾散，青山隐隐。公路上经常有羊群挡道，山上不时传来山羊"咩咩"的叫声。

登上格萨拉，山峰到了最高处，一大片杜鹃出现在眼前。据说，每年5月，杜鹃花绽放，漫山遍野一片火红，如霞似锦铺到天边。再往上，是一大片青冈林。林虽茂密，地下却极清爽，落叶不多，杂草也极少见。想象花开时节，看过了浪漫的野花，再来到这青冈林里乘凉，那是何等的惬意啊！怪不得，"格萨拉"在当地彝语中，其意就是"好玩好耍的地方"。立于山巅，视野一下子开阔了。据当地人说，越过对面的山头，就是云南的丽江了。这里海拔3000多米，是云南与四川交界处，极目四顾，只见连绵起伏的群山之上，便是布满云霞的蓝天，除此别无他物。翻过一座山，还有一座山，除了山还是山，"山外有山"，这句话用在这里十分贴切。望着这莽莽苍苍的大山，我感到迷茫：谁能说出大江的源头，究竟在哪一座山的下面？

大概这里离天太近，雨水说来就来，刚才我们在青冈林旁草地上吃饭的时候，还什么事也没有，刚刚说要走，大雨就瓢泼似的下了起来。本来还想看看满山的杜鹃花丛，但雨水如瀑，只有急急忙忙下山，走了不远，雨忽然又停了。格萨拉以东不远处，是一个巨大的山垭口。一路往下，村寨就散布在山里面。此时刚下过雨，空山新雨后，树枝上还缀着露珠，路边黄色的野花映着阳光，自有一种清新淡雅的美。此处森林茂密，三面环山，地处偏僻，人迹罕至。山脚下的路边，是一个叫"拉克德"的村子，散布着几户人家。其中右手边的一家人，正面为一间簇新的瓦房，两边是彝族传统的闪片房，正房大门敞开，从公路上看下去，院子里的一切尽收眼底。我心里想：家就在路边，围墙却那么低，难道不怕小偷光顾吗？院子中央，站着一家老小，有一个男人一个女人，女人身着当地彝族服饰，她的身后还跟着两个五六岁的小孩。

"您好！"我们一行人走进院子，向女主人打招呼。

女主人也不答话，只笑着点点头。礼节虽然简单，但从她善意的笑容里，我们知道这是对我们的欢迎，于是反客为主，大大咧咧地走进他们住的闪片房里去。房间不大，因为是闪片瓦搭就的，显得有些简陋，才进屋子的时候光线有些暗淡，但由于瓦片缝隙很大，一线阳光就从缝隙里溜进来。屋子居中燃着一个火塘，火塘里躺着几个洋芋，虽然刚才在山上已吃过饭，但不知怎么，此时突然又有了食欲，于是很自然地就把手伸向火塘，抓起一个洋芋，拍了拍灰，张开大嘴咬了一口。"嗬，好香哦！"一行人个个手里拿着洋芋拍着、吃着，就好像在自己家里一样，全然没有一点拘束。

吃完了，我们走出屋子，看到女主人仍然像先前我们进来时一样脸上带着笑意站在院子里，这才想起来，我们是他们的客人，于是，有些尴尬地对女主人说："火塘里有洋芋……我们——吃了！"

"吃了好，吃了好！"没想到女主人没有半点责备的意思，倒用一句半生不熟的汉语安慰我们。这下轮到我们不好意思了：毕竟，现在已过中午，我们吃了人家的东西，主人不就得挨饿了？想来这几个刚刚烧熟的洋芋，定然是他们家的午餐吧？

和主人聊起来，才知道这是一户彝族人家。男主人叫沙马伍合，女主人叫吉谷嘎嘎——也就是和我们聊天的中年女人，她告诉我们，她一家有五口人，除了男人，还有三个孩子，老大叫沙有才，在昆明理工大学读书，还有两个女儿分别上小学和初中。

"家里仅靠种地，如何供子女上学呢？"

"上大学的儿子在学校有政府提供的助学金，还可以贷款，"女主人脸上洋溢着笑意，不疾不徐地说，"还有格萨拉风景区开发旅游，县里给我们名额，孩子他爹去景区牵马，每个月也有1000元的收入……"

那就是说吃穿起码有保障了，不但如此，子女上学也不用发愁了！这可不容易呢。也许对于发达地区来说，有吃有穿——这样的生活条件实在不算什么，但如果你了解了这里的历史，了解了这里是一个不毛之地，你就会知道这句话的分量。随同我们一起参加会议的当地彝族干部告诉我们，过去，这一带十分荒凉、偏僻，地名"拉克德"就是"狼窝子"的意思。

回来的路上，我们看到一座十分雄伟的水库。远远看去，水光接天，碧波万顷，气势十分宏大。看上面的名字，"胜利水库"四个字赫然在目。同行的刘老师说："这个水库建于二十世纪五十年代，修建水库的时候，水库所属的仁和区仍然属于云南省的永仁县管辖，因此，不少来自永仁的民工参加了水库的修筑。后来仁和区由云南划归四川，水库也就归四川所有了。如今，水库不但灌溉着周边成千上万亩良田，还是攀枝花市重要的水源地，可以说是攀枝花人民的'生命之源'。"是啊，人的生命离不开水，饮水思源，在这苍茫的绿色大地，为何到处充满绿色的生机，不都是因为一条条江河，一道道溪流，汇成这滚滚的江流，滋润着万顷河山吗？

一路溯源而行，却没见到江的源头，但我没有失望，在这莽莽苍苍的大山，万千溪流中，我不知道哪一条堪称"源头"，但我知道，这群山之上的群山，正是它，蕴含着丰富的水源，正是它，书写着沧浪之水永不枯竭的神话。这次的行程，从永仁到延边，虽然跨越两省，但一路都是沿金沙江北上，而且这一路上最多的民族，都是彝族。莽莽大小凉山，滔滔金沙江水，正是它们，养育了生活在这块土地上的彝族人民，而这个源头的源头，则是我们伟大的祖国，伟大的党——不是吗？山川河流哺育了彝族人民，党的好政策让彝族人民过上了幸福生活，生活在这样一个时代，生活在这样一个社会，我们快乐，我们健康——这不正是我们追求的幸福生活吗？

这时候突然觉得，其实我已经找到了江之源头。

2019 年 8 月

火把梨

"火把"在彝族人的词典中，代表着光明和希望，生活中有火把节，大山上有火把花、火把果，以至于水果中还有"火把梨"。我不知道，这究竟是因为该梨子总是在每年的旧历六月二十四——火把节前后成熟，还是因为它熟透的时候红得像燃烧的火把？我没主动问过，母亲也从没告诉过我；包括我家后园中这两棵火把梨树是何时栽种的，我也同样不知道。我甚至天真地认为：这两株成双成对出现在我家后园的梨树，或许是与生俱来的呢。

说实在的，这两棵火把梨树，真的是有些年代了，这一点，看看梨树死了老株又发新枝剩下的老树桩就可知道。两棵梨树间距大约两三米的样子，顺着一排比肩在池塘边。说是两棵，其实叫两蓬更确切些，因为每一棵都由两三棵粗大的树干组成，撑到高处，就是一蓬叶片搭着叶片的绿伞。虽然是一棵梨树，有的枝丫被岁月磨蚀了青春，不但靠近地表的地方外表粗糙，仿佛久未打磨的锈迹斑斑的刀具，就是齐人高的地方，也早已不见了树叶，好像被雷劈过，只留下漆黑参差的断面。但这似乎并不影响一旁新长出的枝丫继续枝繁叶茂，不断地向上拓展绿色空间，把个后园点缀得一片生机。

随着一阵春风，漫天飞舞的梨花乱迷人眼，很快就定格为一个个拇指大的青果。绿叶和果实相间，密密麻麻，仿佛青涩的绿玉，缀满枝头。再大些，树枝就被果实拽得弯下腰身，一阵风雨经过，简直就要匍匐到地上。第二天我起得晚些，却发现小梨子一下少了许多，问到母亲，她说摘了，我说还没到时间嘛，母亲解释，由于果实结的太多，怕长大后枝丫撑不住。我想起前年也是这般光景，梨子大的时候，许多枝丫都拦腰折断——原来小小梨子也有枝头承受不住的重量啊！

我的故乡永仁县被称为"日光城"，日照时间充足，燥热的时间好像也格外得长。伴随着知了一阵又一阵的叫声，夏天就这样在梨园中度过。我喜欢在梨树下写作业，不管天气再热，池塘边吹过来的风，经过了梨树叶子的过滤，总是幽幽的、凉凉的，尤其身处两株梨树之间，享受着它撑开的巨大的绿伞的庇荫，更是神清气爽，心情愉快，作业的质量当然也就有了保证，偶尔困了，摘下一颗未熟的酸涩的梨子咬上一口，瞌睡虫顿时就灰飞烟灭。老天爷给我这样美好的时光，仿佛是对我童年积极向上认真学习的特别奖赏。

一阵风过，一阵雨来。经过三四个月时光的悉心打磨，小梨子渐渐变大，瘦削的身材也渐渐丰满，颜色由绿而青，由青而黄，由沉重稳实而光泽透亮，仿佛十八岁女孩子青春俏丽的脸。平时我们说"阳光雨露"，其实，在一只水果的身上，是可以很清楚地诠释这四个字的含义的：一只梨子如果享受了足够的雨露阳光，凑近眼前，你会看得到它熠熠生辉；相反，则皮色发黑，暗淡无光。梨子的外皮也会随着光照的多少，呈现出不同的色彩：靠近阴凉的地方，寡淡油绿；根本照不到日光的，墨绿且蓝，仿佛结上了一层青苔；只有那些能够攀上高枝，仰着脸得到阳光拥吻的熟透了的果实，才会赤红艳丽，好像新娘子红彤彤的面庞。

我是在秋天果实成熟的时节，品尝过火把梨的滋味的——那种滋味终生难忘。咬一口，那蓄积了春之花、夏之雨、秋之骄阳的精华的汁液，喷薄而出，唰的一卜，霎时如喷枪布满你的口腔。横跨三个季节的口味透过你的舌尖，沿着你的食管，慢慢地浸入你的胃，最后深入你的骨髓。春的部分有点甜、有点咸，甜得很轻，如同春雨无声，如同春风滋润，咸的呢，宛如云雨初度，雨中梨花，二八佳人，初吻过后纷纷扬扬的脸上的泪滴，那里面饱含了浓酽的盐；夏的部分酸而辣，酸得像酸角，但更薄一些，辣得像花辣椒，但更柔一些；秋的部分酥而脆，对，就是那种过电的感觉，叽的一下，触动你的神经，流遍你的全身。梨子的味道是如此奇妙，怪不得人们说："要知道梨子的滋味，你必须亲口尝一尝。尝过了你会终生难忘。"这时候我终于明白，这个梨子为什么叫火把梨了。

有人说它的颜色通红如火，这其实很肤浅。真正燃烧的是它的内心。熟透的火把梨有几分沉甸，嘴唇凑近，有点儿冰凉，但你切莫被这样的外表给蒙蔽了。咬上一口——只需咬上一口，它就会在你的口腔中吱吱燃烧，继而流经你的血管，使你的血管成为点燃美味佳肴的导火索，于是，你的身体就成为"第七种味道"的火药桶，"轰"的一声爆炸，咸的甜的酸的辣的酥的脆的，你的整个人就被炸成了如同火把燃烧的那种碎片。这样的梨子不叫"火把梨"还能叫什么？

一粒石子落在地上，会将地上砸一个坑，一枚梨子落在地上，却是将自己砸出一个坑。一阵秋风吹过，九月的火把梨，真的是熟透了。火把梨落下来，在地上摔了一跤，打几个滚，虽然它不会自己站起来，而且脸面沾泥，品相很难看，但不影响母亲将它捡起来，在衣袖上揩揩，再用嘴啃去没摔坏的皮，一口一口地将它咀嚼、咽下。母亲边吃边说："熟透了的梨子，味道就是不一样。"如果摔得实在破了相的，或是被松鼠啃得歪瓜裂枣的，也不能浪费，拿回家招待小猪，照样狼吞虎咽，活色生香。

熟透了的梨子，小鸟喜欢来啄，松鼠喜欢来啃，毛毛虫喜欢来叮——这个后园里会飞的会跑的谁都想来分一杯羹。别看满园红红火火一大片梨子，母亲只舍得捡拾熟透了落在地上的、甚至是被松鼠咬过一口的梨子来吃。熟透的火把梨虽然好吃，但很难保存，只要你将它从树上摘下来，过不了一个星期，就会变得软塌塌黑乎乎，仿佛一摊烂泥。母亲一开始用稻草、蒿草来捂，所谓"捂"，其实是反向的，先在楼上干燥的土掌房里铺上稻草或蒿草，抹平了，再将梨子一个一个捡来放在上面，堆在稻草上的梨子露着黄灿灿的肚皮，这样就不容易烂，可以放置一两个月，甚至更久。稻草捂出来的梨子有一种干燥的稻谷的清香，蒿草捂出的梨子嗅着有点呛鼻，但削开里面仍然雪白如初，汁水饱满，大概是新鲜的蒿草既能保护梨子水分不外流，又能有杀菌功能之故。当然，如果长时间不吃，梨子也会腐烂变质，生霉变黑，腐烂了的，母亲说"好吃"，于是我就抢了吃，发现有一股酒味，于是我让母亲留给我，母亲也只是笑笑。

　　有时，干活的母亲会突然停下来，挂着锄头，呆呆地望着满园的梨子，或者是梨子下面专心致志做作业的我。我不知道，她是在期盼那些拇指大的梨子早日成熟呢，还是期盼勾着头一门心思做作业的儿子早日成才？很多年过去，我甚至不知道当时母亲是否真的这样看过我，抑或是我因为过于思念母亲而幻想出来的虚构画面？有一点毋庸置疑，那时候的我还小，在母亲的眼中，或许我们兄妹四个，都像是一只只高高挂在枝头的火把梨，总有一天会成熟。当然，如果侍弄不好，它也可能受到伤害，还没成熟就落在地上。

2022 年 11 月 30 日于春城

老尖山的记忆

在我的记忆中，老尖山是维的乡境内最高的山峰。它雄踞在维的乡的东南，像一个默默无言的老人。它比时间更古老，它比历史更沧桑，也许那时候还没有人类，它就已经是地球上的一员，因此它看惯了这片土地上的风风雨雨，也见证了故乡的巨大变化。

我的老家离老尖山不远，在夜可腊村的箐头村民小组。我小时候，从村子到县城的交通工具靠"11路车"——两只脚走路，每次往返都必须要从老尖山脚下经过。下一个大坡到河谷，再沿着河谷一路往东，四个小时方到县城。有一回，见到父亲的好友尹慕华老师，居然骑着一辆"铁毛驴"去到我们村子，觉得稀奇，伸出手摸过三脚架，又摸了摸铃铛，最后还摸轮子，从没见过自行车的我怀疑，就这么一副铁架两个轱辘也能带着人走路？或许正是因为对自行车的好奇，当尹老师邀请我到维的小学念四年级的时候，我就毫不犹豫地答应了。

到了维的小学，我经历了许多难以忘怀的事。

首先在这里学会了打乒乓球。过去在夜可腊小学读三年级，所谓的乒乓球桌，就是一块水泥预制板搭成的高台，中间用两块方砖隔开就好了。这时候见到新学校居然有木头做的乒乓球桌，惊喜之余，每天下了课就来守着，我这三脚猫的球技，就是那时候练成的。

物质生活虽然贫乏，但这一年，维的人的真诚朴实，却给我留下了深刻的印象。我的同桌是一个叫尹丕忠的男生，他家就住在老尖山脚下。尹丕忠胖墩墩的，个头不高，不善言辞，人很憨厚。一天，他突然递给我一个瓷碗大小滚圆的东西，示意我吃下。我犹犹豫豫剥了皮，啃了一口，那种鲜甜的汁液，很快便填满了我的味蕾。"真好吃。这是什么水果啊？""哈哈哈，这不是水果，叫土瓜！"那是我第一次吃土瓜，也是我吃过的最美味的"水果"。从此，这个不是水果的土瓜，让我记住了一道美食，记住了一个维的同学的情谊，它与我的童年生活一道，长久地烙在我的记忆深处。

大学毕业以后，工作了几年，我曾经回过一趟老家。村子里空荡荡的，没有一丝儿生气，偶尔传来的一两声狗吠，听起来也是懒洋洋的，听说青壮年都到城里打工去了，儿时的小伙伴也一个都没见到。百无聊赖地在村子里转了一圈，一家老小在老家的宅院里烧了几个玉米果腹，算是自己犒劳自己。就在我不无惆怅准备打道回府之际，这时候却突然发现，在我们身后的某个地方，似乎有一双眼睛一直远远地跟着我们，我觉得疑惑，待她走近了，才发现居然是我堂哥家的哑巴侄女小寨。她背着一篓南瓜，比比画画一定要送给我。推辞半天，她还是一个劲往我怀里送。

"收下吧，小寨虽然是哑巴不会说话，但她会为家里没有好酒好肉招待亲戚感到抱歉呢！"不知何时，堂嫂走出来了，她劝说道："别看这是两个不起眼的南瓜，有时候大米不够，也可以用来凑合着过呢！"

话都说到这个份上了，我无言地接过两个滚圆的庞然大物。

再看看小寨，说是我的侄女，其实她也就是一个三十多岁的农村妇女，她的孩子已经在县城上学，由于堂哥很早病逝，侄女的丈夫也到城里打工去了，留下孤儿寡母在家中坚守，生活着实不易。再看她那因长年做粗活而黝黑粗糙的一双人手，与城里女人比起来，简直是天上地下，三十多的年轻媳妇，看起来竟像是四十多五十岁的老妇，早已失却了青春的光彩。她的脸上刻满了风霜，告诉我这是经历了不少艰难的岁月；她的眼里含着哀怨，似乎蓄满了过多的不幸；她的脸色蜡黄，就像那地里晒蔫了的黄菜叶儿。我怎么也没有想到，我的亲人啊，他们在这块土地上整日劳作，脸朝黄土背朝天，却仍然连肚子都填不饱，不得不以瓜瓜蒌蒌充饥。盯着她递过来的两个南瓜，我的心里有些沉重，看着她远去的背影，我的心里像打翻了五味瓶，有一种说不出的滋味。真想不到，这几年远离故土，到城市去上大学，一晃四五年过去了，亲人们的生活还是如此寒酸，他们每天在土地上奔波，这片土地却没有给他们足够的回报。离开寨子的时候，对着高大的老尖山我默默祈祷：伟大的老尖山啊，但愿你能够看到我故乡亲人的清贫，能够赐给他们美满和幸福。

告别的时候，我掏出身上的 200 元钱，叫小寨留给孩子上学买书本。没想到她不收，塞了半天她才勉强接下。抱着她送的两个大南瓜，我觉得异常沉重，更加沉重的是我的内心。我没有想到，改革开放好多年了，外面的世界早已发生了天翻地覆的变化，家乡的日子还会是这个样子。

去年，我又回了一趟老家。这一次，我同样是带着一家老小，不同的是，我们开着自己的私家车。这时我意外地发现，从县城到老家维的，已经有了宽敞的公路。不仅如此，从一个村寨到另一个村寨，家家户户都盖起了新瓦房，整个维的乡的道路都修通了，即使十分偏僻的李家湾，汽车也可以开到表哥家门口。看到我们一路开着车子进村，路边的小狗冲我们摇摇尾巴，却依然卧在路边一动不动，一副早已见惯的样子。表哥为了欢迎我们，宰了一只大骟羊，请了不少亲戚，热闹异常地过了一个春节。

此时，再次回到我小时候生活的夜可腊村箐头，再次见到了大嫂和侄女小寨。见我们到来，小寨异常高兴，人也好像突然年轻了十岁，脸上容光焕发，跟我们打了个招呼就忙着杀鸡宰鱼去了。看到我阻止小寨杀鸡，大嫂估计是误会了，心直口快地对我说:"你是怕把我家吃穷吗?"接着她告诉我,这两年家乡扶贫政策好,种了一大片山的板栗,每年可以卖八九万元。侄女小寨家的日子也好过了,因为家里种了好几十亩核桃,不但女婿不用再到城里打工,就是大女儿也到省城昆明上大学了。怪不得,见到我的时候,这个不会说话的哑巴侄女满脸喜色,而且急急忙忙就去准备晚餐,她是要用实际行动告诉我,这一次,不会再让我们一家,饭也不吃就走人了!

傍晚,鸡鸭鱼肉摆了一大桌,大嫂和小寨一家忙前忙后,忙着招待我们,无论是大嫂还是小寨,脸上都一直是乐呵呵的。晚饭过后,一家人坐在宽敞的院子里,在堂屋前的露台上乘凉,有一搭无一搭地聊着天。从屋檐下到露台上,挂着的、堆着的,全是金灿灿的玉米,芳香的粮食的气息,弥漫了整个庭院——看来今年玉米是丰收了。几个在一起打闹的孩子高兴起来,便拾起玉米棒子互相抛掷,你丢过去,我丢过来,玩得不亦乐乎。

"玉米弄脏了,还怎么吃呢?"我立马站起身去制止。

不料大嫂哈哈一笑,继而告诉我,现在生活好了,稻米供应充足,天天吃的都是白米饭,至于玉米,虽然收成好了,但大多都是拿来做饲料喂猪。说这些话的时候,大嫂的表情十分平静,仿佛就是在叙述一件陈年旧事。

这时,月亮升了起来,蛙鸣也响了起来,我突然记起辛弃疾的《西江月》中的句子:

> 明月别枝惊鹊,清风半夜鸣蝉。
>
> 稻花香里说丰年,听取蛙声一片。

虽然这首词的写作时间距今已经800多年了,但情景依然。想来,只要是拥有幸福的生活,800年前和800年后,都是一样的滋味吧?

看着远处的老尖山,我心里默默地想,不知从何时起,老尖山在我的家乡高高耸立，它见过了沧海桑田，更见过了这块土地上的天灾人祸。在过去，由于地处偏僻，科技落后，当然更主要的是由于时代的不同，老尖山下的百姓们，想要一年四季都有饱饭吃，几乎就是天方夜谭。而今天，在党和政府的关怀下，不但许多农民的税不收了，还出台了不少实实在在的富民政策，给予了农民贴心的扶持，因此，他们的生活发生了天翻地覆的变化，自古以来靠天吃饭的老百姓，终于有了吃饱饭的时候。

老尖山，你是七十年历史巨变的最好见证。

2022 年 8 月 9 日

百草岭上看鹰

不知从哪里飞来的一只鹰，在山顶上盘旋，而我们就在通往百草岭的路上。

说是登山，其实汽车早已替我们爬了一半。在我们经过的地方，马缨花正在盛开，灿烂如火烧红了半边山坡。小路从山腰横穿而过，人在上面走，远处无法辨识，高一脚低一脚如步方中。在这样的情形下，所谓"山高人为峰"，很难有人相信。确实，再高的山人都能爬上去，可是别以为自己站上去了就是最高的峰了，人外有人，山外有山。

越往高处风越大，也越冷，风像一把有齿的刀，锯着山草树木，也锯着人的脸，让你体验什么叫"高处不胜寒"。而杜鹃与山茶花就在这样的环境里迎风傲立。据说，四月初，这里的鲜花泛滥成灾，刚好又遇到一场大雪，满山满坡的鲜花与皑皑白雪交相辉映，呈现出难得一见的高原景观。站在万峰之巅的百草岭，原本高大的群山，在你面前就变成了"小个子"，或者是一个个绿色的"小馒头"。在这里，山是绝对的主角，能在天地间表演的，是大山及与山有关的动植物，诸如山风、山石、山鸟、森林，绿色无极限，放眼皆青山，你无法超越的便是大山；在这里，万物莫不依托大山而存在，蝴蝶采摘山花，鸟儿依山盘旋，老虎、豹子、野猪跑在山上，一棵大树、一株小草，自然也只能依附大山而生长。

五月初的天气，格外的晴朗。松柏刺天天欲雨，云在山腰舞彩练。为蓝天伴舞的，是鹰——这是何等的荣幸。"鹰击长空，鱼翔浅底"，雄鹰，天生就是翱翔蓝天的主。站在山顶，远眺前方，群山一座连着一座，山峰一座比一座高，宛如起伏的波浪，千山万壑风起云涌，如万马奔腾。近处山色青青，泼墨堆翠；远的蓝绿相间，由深及浅；再远些，由于阳光的强烈照射，呈现出灰蒙蒙的一大片，仿佛一幅浓墨重彩的山水画。白云飘在天边，轻薄处，宛若浣纱般轻柔；厚重的地方，似乎随时要坠下来，只因了山的支撑，才勉强挂在天边。山在舞，风不动，其实真正舞动的是人心。雄鹰飞起，它的翅膀划过小河，划过村庄，当它靠近蓝天，整个大地连同群山都对它俯首称臣。一只鹰横过天际，在群山上画一个好看的问号，便消失在远方的天际。站在这里，让我想到一个词：高度。山有高度，水有高度，云有高度，鹰也有高度。汪国真说："最远的路是脚，最高的山是人"。我以为他说的更多是一种精神或境界。

当然，也有一个例外——这，便是雄鹰。百草岭上空的鹰，它们越过溪流，越过村庄，越过峡谷，越过人类想象的高度，越过时间久远的窗口，越过无数沧海桑田，最后到达渺远的虚空。这一切，凭借的仅仅是一双翅膀——一双长着羽毛、肉身柔软的翅膀。我不知道，当它们飞临最高的山峰，到达一种虚无的境界，在云端翱翔，与蓝天共舞，俯视天地的时候，是一种什么样的感觉？这个答案，只有鹰晓得。作为一个在万有引力之下，无法脱离脚下土地的"人"，纵然能爬上方圆百里的最高峰，我也只能抬头将它仰望。看到它优雅的身姿，仿佛一叶凌空的舟；看到它黑色的羽毛，镀着一层金色的阳光；看到它穿越云层，犹如射出的箭；看到它俯冲的姿势，犹如飞机在滑翔。还有它的叫声，不是流水，却在空中溅起余韵的浪花；不是竹笛，却在空中横出优美的乐声；不是惊雷，却在空中划出清脆的闪电……这时候我才发现，人类的辞藻，仍然是多么的贫乏——因为我们永远无法用笔墨或语言描绘出一只真正的雄鹰！

有人说：风者，疯也。立于山巅，风从四面八方涌来。来干什么？来抢你的草帽。这时候你得用双手抱着头，紧紧地护住你头上的物件，稍不留心，草帽就会成为断线的风筝，飘到一里外的箐里。与风战斗，弄得你手忙脚乱，你成了尴尬的堂吉诃德。如果你是一个穿着短裙的女生，赶快捂紧你的裙边，这时候你就是玛丽莲·梦露镜头中的"经典"。让人奇怪的是，面对如此大风，那些蓝天中的鹰，仍能优哉游哉地翱翔，有一只老鹰，甚至十分惊险地来了个"鹞子翻身"——这可不是京剧院里的演出，表演场地，也不是有限的舞台，而是无垠的蓝天，而且在三千多米的高峰之上，在虚无缥缈的云层之上，也许这才是真正的"高难度"呢！但对于鹰，仿佛只是那么轻轻地一侧身，轻轻地一抬头，轻轻地一个旋转，整个动作就已经完成！记得小时候听母亲说，老鹰捉小鸡的功夫是如何了得，那时还懵懂，今天看了老鹰的"现场表演"，方知此言不虚。

有时我在想：在这样的环境里，最有意思的"风景"，便是雄鹰了吧？你看山那么高，天那么蓝，树林那么密集，如果没有鹰的点缀，这里该是多么单调！鹰不仅用它在天空中画出的圆弧，为蓝天点缀；用它尖厉的呼啸，为清风和鸣；还用它无与伦比的高度，为我们增加想象的空间；用它们无畏的勇气，书写壮丽的诗篇——这是一种何等气壮山河的雄伟壮举，一种何等大气磅礴的英雄史诗！

"无限风光在险峰"，要想看到百草岭的雄鹰，少不了付出挥汗如雨的代价。才到山腰，陪同我爬山的小赵姑娘早已气喘吁吁了。暮色渐浓。但就是在这样的时刻，雄鹰居然能够在"英雄坡"下面的山谷里盘旋。一群羊突然从山洼里冒了出来，它们前赴后继，你追我赶，只为在农人赶走它们之前，比同伴多吃一口百草岭上的草。虽然是在回家的路上，但羊儿们好像仍不慌不忙，一只羊低头吃草，另一只羊也跟着低头吃草，全然不顾及牧羊女的鞭子就要降临。我终于知道了什么叫作"羊群效应"。对于这些羊群，百草岭再高，与它们无关，百草岭上的风景再好，它们也不会欣赏。我的脑袋里突然冒出一个奇怪的念头：仅仅因为吃一口草，它们有必要跑这么远吗？羊儿是不会说话的，因此没有一只羊会回答我这个疑问。看着地上吃草的羊，我还想：这些咩咩叫个不停的小羊，它们有自己的理想吗？如果有，那该是什么呢？是满足于多吃一些草填饱肚子，还是不要过早被农人宰杀，希望能够多活一天算一天……这个问题挥之不去，占据了我的脑海很长时间。和天上盘旋的老鹰比起来，这些待宰的羔羊才真正是"一个地下，一个天上"，这时候你千万不要对我说，"都是一样的动物"，看来哪怕都是动物，其实它们的层次还是会千差万别。

暮色苍茫。百草岭上的鹰还在盘旋，它们究竟要到什么地方，哪里才是它们最终的归宿？也许，作为一只鹰，翱翔就是它的生活，蓝天就是它的世界，至于说究竟去哪里，能够飞到什么地方，这些问题也许从来就不曾困扰过它，也不会是它要思考的问题。"飞翔""远行""高度"这样一些词汇，才是与鹰有关系的吧？这样看来，对于这些山鹰，百草岭上空虽然高远，但绝不是终极追求的目标，换句话说，你飞上百草岭，但这里绝对不是你的终点。在你的思想里，也永远不会出现"山高鸟为峰"这样的念头——这一点，正是百草岭看鹰给我的启示。

2015 年 5 月 2 日于百草岭

2022 年 8 月 31 日改定

山外世界

滇东北往事

　　这是一片肥沃的黑土地。无论它的山川、风俗、人物，都给人留下深刻的印象。

　　这里高山耸峙，直插云天。金沙江来自亘古，像一柄长剑，切割日月，切割大山。而峡谷，或是陡笔如削，连岩羊都难以攀附；或是蜿蜒起伏，让人一眼望不到边。

　　从地理上看，滇东北包含了云南省的曲靖市和昭通市，以及昆明市的寻甸县和东川区等地。在这里，我所说的"滇东北"，主要指昭通地区。历史上，昭通是云南省通向四川、贵州两省的重要门户，是中原文化进入云南的重要通道，云南文化三大发源地之一，为中国著名的"南丝绸之路"的要冲，素有"锁钥南滇，咽喉西蜀"之称，是内地通往南亚、东南亚和云南通往内地的双向大走廊。这一带物产丰富，大家耳熟能详的便是朱提银。《汉书·食货志下》："朱提银重八两为一流，直一千五百八十，它银一流直千。是为银货二品。"这就是说，这一带的银子成色最好，它如果称第二，天下就没人敢称第一了。

　　虽然如此说，但银子不可能遍地都是吧？除了朱提山，昭通还有不少广袤无垠的山区，这些地方山高坡陡，环境恶劣，滇东北地方，大多数山高谷深，土地贫瘠，气候寒凉，植物生长周期缓慢，光靠一亩三分地，淘生活委实不易。记得一次我们到大山包游玩，在山坡上爬了很久很久，都难见到人烟，后来到了景区，路边小摊上，售卖得最多的，便是烧洋芋。黑乎乎的烧洋芋，挤在几块奇形怪状石头中间，不见火苗，炭火欲灭未灭，旁边蹲着一个中年妇女，皮肤在粗粝山风的吹拂下，显得十分粗糙，高原的太阳在她的脸上打下烙印，我们叫它"高原红"。一条小路边，一个女孩也在守摊，她的面前除了烧洋芋，还有两个烤鸡蛋。出于好奇，我买了两个烤鸡蛋，多给她十元钱，结果女孩不接，还低着头跑开了，大概是害羞了？

在滇东北待久了，我慢慢地发现这个地方的一些特点。比如说，容易走极端。先说地理环境。滇东北的气候落差极大，即便地处同一个县境，有极寒的高寒山区，也有温暖的金沙江畔。药山上还飘着雪的时候，金沙江河谷地带，却已温暖如春。在巧家，我还见到过一个游泳馆。才过二三月，虎头虎脑的伙子和俏丽的女孩，便下饺子似的急着往里冲，这在二十世纪八九十年代云南这样一个偏僻的小县城，还真是一大奇观。

昭通汉子性格豪爽、敢说敢做，能够成事，这是我们见识过的。如果没有一点过人的胆识、魄力，"云南王"龙云又怎么能够异军突起，主政云南17年之久呢？除了龙云，"立功尤著"的红军高级将领罗炳辉将军，曾任云南省军政委员会主席并发动"云南起义"的著名抗日爱国将领卢汉，以及张开儒、曾泽生、安恩溥、刘平楷、潘朔端、龙泽汇、蒋永尊，哪一个不是响当当的人物？这些"昭通汉子"不但在昭通地界上掷地有声，在云南全省，甚至全国，无不有着广泛的影响。再往前走一些，你还可以瞻仰彝人先祖阿普笃慕。在昭通市昭阳西郊10公里处的山坡上，九十九级石阶之上，一尊巨大的雕塑顶天立地，这就是彝族人的始祖阿普笃慕。康熙《大定府志》载："有祝明（笃慕）者，居堂狼山中，以伐木为业，久之，木拔道通，渐成聚落，号其地为罗邑，又号其山为罗邑山；夷人谓邑为业，谓山为白，故称为罗业白。"堂狼山（洛尼山）据考证在今昭通巧家，这里金沙江蜿蜒流淌，峡谷幽深，山高林密，彝族的始祖居住在此，伐木为业，也就不足为奇。据古彝文典籍《洪水泛滥》的记载，阿普笃慕生活在远古的洪荒时代，原居蜀地，他是彝族始祖希慕遮的第十三代子孙。在彝族语言中,"阿普"是老祖宗的意思,"笃慕"是他的真正名字。

这里的人物个性鲜明,有棱有角。男人像山一样粗犷,女人像水一样柔媚。上面提到的阿普笃慕算是远古男人的代表,现实生活中的男性也毫不逊色。有人说昭通人十分彪悍,我对这个说法嗤之以鼻,不以为然。但后来在跟一些我支教的巧家学生的接触中发现,个别学生,他们的性格确实是棱角分明。

昭通的女性,也是巾帼不让须眉;不要说大人物,就是普通的小女子,身上也有着昭通人的豪爽和大气。二十世纪九十年代,我在巧家支教时,因为喜欢摄影,有一台120海鸥牌相机,几个女生就经常缠着我给她们拍照。张明英和古永平是常客中的常客。张明英个子高挑,人长得秀气,笑起来脸上有一对小酒窝,笑声清脆爽朗,非常讨人喜欢,经常是人还很远,笑声已经听到。古永平是个调皮捣蛋的女孩,起了个男孩子的名字,脾气性格也有点"女汉子"。那时我教高一的语文,他们俩都是我班上的学生。为了让同学学会观察,我布置他们记生活笔记。同学们倒也坦荡,将他们的生活细节,甚至情感生活都一股脑儿灌进去。恰好,《青年与社会》杂志与我约稿,让我写写中学生的生活。于是我准备将他们的日记作为素材,征求他们的意见时,他们都爽快地答应了。

巧家人性格有棱有角,饮食也有"硬"的一面。先不说当地人喜欢吃花椒、辣椒,口味较重,单是他们的洋芋新吃,就很有意思。最初我吃到的巧家洋芋,是在一次野餐会上。那是一个秋天,学校组织到一个水库搞钓鱼比赛,在一个巨大的夹皮沟里,两岸群山耸峙,一条细水长流,突然就被一道坝埂阻断,水面陡然上升。我们师生上百人呼啦一下散开,摆开阵势,便将钓竿甩了下去。也不知是这些鱼儿饿够了,还是因为我的运气好,仅仅半天,我钓到了差不多半桶大大小小的鱼。每当一条鱼儿上钩,我身边的女同学,就会欢呼雀跃,忙着将鱼儿从钩上取下来,小心翼翼地放到盛着水的塑料桶里。正午时分，太阳当顶，大伙儿到一旁的树下歇息。闲下来的时候，肚子开始咕咕叫。这时，就见古永平和张明英过来了，古永平的手里还拎着一个塑料桶。"干吗，要吃生鱼片啊？"我打趣道。古永平也不搭话，只将塑料桶摆到我的面前，张明英变戏法似的拿出几个小碗，古永平则从桶里舀出一瓢又一瓢酸汤洋芋，一人分给我们一碗。我只喝了一口，就觉得美味无比，那种酸爽的感觉，瞬间攻破你的食欲，一下打开你的味蕾。新鲜洋芋的软、糯，掺和着腌制得恰到好处的酸腌菜，这两样东西搅和在一起，经过文火的煮沸——这是我猜的，还有一路上的颠簸——这是我想象出来的，在野外的秋天，加上了秋水长天的味道，混合了枯草蝉鸣的佐料，两碗酸汤洋芋下肚，辣得涕泗横流、大汗淋漓，让人大快朵颐，大呼过瘾，就算是晚上拿回家的鲜鱼一锅烹，似乎都没能吃出这样美丽的感觉。

新鲜洋芋就这样好吃，谁也没想到，巧家还有一道洋芋大菜——干巴洋芋。洋芋还有干巴？一开始我以为自己听错了。后来在去大山包的路上吃到，一下惊为"天食"。真的是太香了！卖者将其烤熟，放上盐巴花椒辣子等佐料，再用石臼使劲地舂上一会，有点像和稀泥，洋芋和蘸水的味道就完全掺和在一起了。外皮还有点硬，但硬得恰到好处，硬得有嚼头，只要你的牙口不是太差，啃一嘴，细细咀嚼，余味悠长；内里还有一些柔软，像是吃海绵糖的感觉，但又有洋芋的香酥，加一点酱菜，慢慢品尝，那一种醇香，那一种绵长，真的是唇齿留香，余味悠长。

在巧家待久了，我们也成了半个巧家人。有时，我们几个白面书生干的事，比当地人还极端。那是一个八月十五的夜晚，由于月光奇好，几个到巧家的省委讲师团支教队员，突发雅兴，逢山开道，遇水搭桥，在这个月不黑风不高的夜晚，手脚并用，嘿咻嘿咻爬了大半夜，流了一身臭汗，甚至连手都被划出了不少血痕，方才登上一个小山包。在这个过程中，由于岩石陡峭，先头部队爬上去又掉下来，我们只好由两个人搭成人梯，送一人上去，然后将几个人的衣服脱下来，结成绳索，由上面的人拉着，一个一个往上拽。这样一种吃力不讨好的方式，折腾到天亮，我们才登上一个山包。由于付出很多，大家都认为，我们爬上去的应该是一座很高的山。还有人不无夸张地说："我们爬的一定是巧家最高的山——药山。"谁料想，第二天太阳出来，我们俯身往下一看，这不过是一座不起眼的小山头，更远处，一座又一座山峦迤逦而去，真正的药山，还在我们一眼望不到的远方。这之后，"我爬过药山"这句话，成了我们传奇生活中的一个梗。

在巧家的一年间，这里的山川地理，人物掌故，都给我留下了深刻的印象。有一天，我甚至在这里看到了昙花一现的神奇景象，而且这个景象，竟然与一个叫周宗泽的老师联系在一起。那是一天中午，吃完午饭的时候，感到有些无聊，于是漫步到了一个过道的楼梯前，神不知鬼不觉地踱到了二楼。前面一溜儿的教师宿舍，此时都鸦雀无声。但我似乎听到了什么。低下头来，就见一枝白色的花瓣，在我的眼皮底下悄然绽放，再过一会，这花朵又在我面前渐渐凋萎。虽然比起电影中高速摄影的镜头来要慢了许多，但也足以让我感到惊奇。正在我愣神的瞬间，一旁的房门开了，房主人向我打招呼。原来是周老师。周老师是我所在学校的语文教研组组长，我们并不陌生。他性格简单直接，为人豪爽，做事从不拖泥带水，说起话来语速极快，像打机关枪一样。我认识他不久，还见过周家嫂子。他与嫂子是经人介绍认识的，小两口日子过得风生水起，结婚两年了，还像新婚宴尔一样，经常黏在一起，搞得比蜂蜜还腻。直到有一天，周老师回老家，有人问起，你媳妇的肚子怎么没见动静呢？一开始周老师没理会，觉得这乡下的人也真是奇怪，别的东西不关心，就盯着人家的肚子。但后来风言风语多了，他的心理也起了微妙变化。其实啊，在昭通这一带地方，子嗣这样的大事从古至今都是乡里百姓关注的重点。此后呢，周老师家里的人，就一天一个劲儿地催，周老师啊，就有些烦躁了，脾气变得暴躁起来，他和嫂子呢，一天一小吵，两天一大吵，日子终于到了崩盘的地步。以至有一天，一言不合，一顿大吵，嫂子气不过，就砸了锅碗瓢盆。一不做二不休，周老师干脆将家中唯一值钱的一台18寸的黑白电视机给砸了。之后还邀我去家里参观打砸的成果，并嘱咐我："如果学校来调解，你要帮我作证，就说都是你嫂子砸的。"我没想到一向温文尔雅的周老师也会栽赃陷害他人，而且还要我做帮凶。这件事过了很久，我还是想不明白，周老师虽然脾气差一些，但为人不至于如此不地道吧？究竟是什么使然，让他好像变了一个人？而此时我恰巧就在他家门口看到昙花绽放。后来我想起这件事，便觉得这一切，都是上天安排好的。这一天观赏了昙花一现的自然奇景，也让我见到了周老师和他夫人昙花一现的情感。这样说来，一切也就不是巧合了！

昙花一现让人遗憾，但这里的凤凰花却给人留下了深刻印象。每到夏季，巧家县一中球场边那株凤凰花便会绽放，看到她，你的情绪瞬间就会被红色点燃，青春瞬间就会被红色点燃，激情瞬间就会被红色点燃。凤凰木取名为"叶如飞凰之羽，花若丹凤之冠"，别名凤凰树、红花楹树、火树等，属于热带观赏花树，树干可高达20米，树冠半圆形，五月开花至夏末，花大美丽，火焰般盛开在高高的枝头之上，宛如红云。鲜艳的红色象征着莘莘学子的激情与梦想，盛开的花朵象征着青春绽放，在凤凰花辉映下的教室里读书，谁不期待梦想之路从此启航。

后来我还到过滇东北的其他地方。在会泽，不仅为其县城之大瞠目，还感受到了大海草山的辽阔博大，被它那无边的绿茵征服；在县城，看到山西会馆保存完好的古戏台，嗅出这个小城浓烈的历史文化气息。东川的红土地使我眼前一亮，漫步其间的牛羊，不是在啃食青草，而是在咀嚼岁月的馈赠。往寻甸，往吟诵古歌《昭莠俭与高帕施》，惊叹于苗族文化的神奇之时，还见识了这里的回族同胞不但是美食家，同时亦是艺术家——他们能把一道菜叫作"牛气冲天"，当完整的牛头端上来的时候，一桌人都禁不住发出惊呼。创造、大气、自然，这样一些关键词，加深了我对滇东北的理解。与其说滇东北用美味的佳肴征服了我，毋宁说他那古朴沧桑的历史、神奇绚烂的民俗、清新脱俗的自然更令我着迷。

在我看来，滇东北就是一幅大气磅礴的风俗画，一首雄健浑厚的抒情诗，一曲荡气回肠的交响乐，我要将它收录在记忆的硬盘中，拒绝删除，永久珍藏。

岘港之旅

一

2018 年 2 月 15 日，大年三十，我们一家三口出国度假。

中午一点多，从昆明长水机场出发，三点多钟就到了越南岘港，仅仅一个多钟头就跨出国门，时间竟然比到广东还短。

美溪，是我们到越南的第一站。

在这个被誉为"世界六大最美沙滩之一"的地方，我们看到的是高高的棕榈树、雪白的海滩以及一望无际的海洋。阳光灿烂，但并不灼人。空气是湿润的，冬日的微风，仿佛一只看不见的处子的手，轻轻地触摸你的皮肤。26 摄氏度的气温，让人如沐春风。确实，昆明的春天就是这个样子。昆明虽然海拔近两千米，但气候温和，要是在春日，气温和此时的岘港差不多。要不是戴着尖顶的斗笠、穿着飘逸奥黛的越南女子不时从我们面前走过，我还以为自己置身于滇池的海滩。只是，海埂虽然也有一个"海"字，但作为一个高原湖，是不可能有长达 900 米的沙滩的。但高大的桉树，湖边的岸柳，在高原阳光的映衬下，自有她温婉的格调、迷人的风情。

陪着儿子在美溪海边戏水，玩够玩累了，便开启了寻觅美食模式。

这里有许多海鲜餐厅，大多就在沙滩边上。我们选了一家外观富有异国情调的餐厅。才到餐厅门口，就看到鱼池里有趣的游鱼戏虾。虾有半尺长，一律伸着半个身子长的触须，粗大暗黑，很神气地在池里巡游，闲适的姿态，仿佛一个国王，但凡它路过，其他的鱼儿都急忙避让，让人想起过去封建帝王出巡时的情景。我们一口气点了六道海鲜，连汤都是海鲜汤。毕竟，这是今年的年夜饭，要做到年年有"鱼"。其实还有另一层没有说破：这里的小菜价格不比海鲜便宜，有的甚至比海鲜还贵。既然如此，我们还不如彻底"大方"一回。开饭的时候，端上来的餐盘里，就有两道大虾，一盘油煎的，颜色焦黄，一律佝偻着身子，仿佛不堪高温的煎炸。一盘大约是水煮的，颜色金黄，肉质很厚。另外还有螺丝、蚌之类，无不活色生香，让人看着就流口水。

餐馆里人满为患。从天南地北的口音就可以听得出，他们来自不同的地方。据说越南人也过春节，唯一与中国不同之处，是这里的春节比中国晚了一小时——时差使然也。

付账的时候，一下说要上百万，吓了我一跳。

其实换算成人民币，也不过是几百块。人民币兑越南盾的汇率为1:3000。出门时，和导游换了三百万的越南盾——瞬间产生了三个"百万富翁"，感觉很爽。儿子说，其实他在飞机场，已经花了第一笔越南盾，用75000元买了一瓶矿泉水，约人民币二十几元了，这样算下来，这里的消费不低了！

在越南过春节，还有一些我们不知道的讲究。比如大年初一不能用梳子梳头，否则不吉利，还有一些七七八八匪夷所思的习俗。

二

海浪很大，在岸边走着，海浪看起来很远，但只要瞬间，它就来到你的身边。远处的海水蔚蓝一片。这样的蔚蓝，在往来穿梭的外国人眼底也可见到。这里的外国人很多，有金发碧眼的美女在海滩上晒日光浴，还有小孩在海边戏水。这片海域的对面，据说就是南中国海。

岸边椰树成林，成串的绿椰缀满枝头。当我们在马路边散步时，身边不时有摩托车呼啸而过。导游反复提醒大家过马路要前后左右看看，有无车辆尤其是摩托车经过。在这里能见到不少原厂的本田、雅玛哈摩托，听说2002年前，不少中国摩托车厂家在这里建厂，之后日本摩托车厂商也来投资，附近有摩托车之城。摩托车产业发展了，骑摩托车的人也多了起来。

当晚，我们入住岘港的一家叫HOI AN的四星级海景房。

三

2018年2月16日，中国的大年初一。

睁开眼，灿烂的阳光越过海湾，温暖地照在四星级海景房金黄的瓦檐上。鸟鸣声清脆而悠远。徐徐的凉风吹进来，带着一点海藻的咸涩。风不大，仿佛一只温柔的手指，轻轻触摸你的脸庞。推开窗户，就见一条小路从窗前的草地上斜斜地划过去。此时的路上空无一人，只有白色的鸥鸟翱翔蓝天。

早餐是酸酸的百香果，甜甜的小芭蕉，都很有滋味。午餐吃鸡，公鸡今天精贵，叫童子鸡，平时三万一份，今天因为过年，价格翻了三倍。

姓裴的导游和我们闲聊，介绍了一些越南的情况。

在越南的风俗中，大年初一不打扫房间，一大早不能碰水，否则水神会不高兴；不能打扫房间，否则会将财神扫地出门；这一天要发红包；公职人员放假较长，初十才上班。女人穿"奥黛"，类似于我们的旗袍，手工丝绸做的，特别适合瘦人穿，"旗袍＋裤子"的出行模式在街上到处都是。

虽然经济落后，只相当于中国二十世纪八十年代改革开放初期，东西大多明码标价，不喜欢讨价还价。有清明、端午、中秋等节日。

经过岘港湾，这一片海域与中国南海比邻，属越南内海。港湾里的簸箕船不大，但抗风浪能力很强，再大风浪都不怕。我们从港湾路过的时候，成千上万的小船泊在岸边，好像无意间散落在海面的种子。听说这里的求鱼节十分隆重，过节的时候，会有无数簸箕船下海，数不胜数。对于我来说，没有什么打鱼的概念，只对晚餐时餐桌上好吃的秋头鱼印象深刻。越南人喜欢吃粥，传说寒江一家，母亲生病，女儿奉上一碗粥就是最大的孝顺，那时候，能够喝到一碗粥是人生最大的奢求。导游和我们讲到这一切的时候，神情肃然，仿佛心有戚戚焉。

下午游灵隐寺。寺庙的门楣上面写的都是中国字。听说一千八百多年前，阮朝用的就已是中国繁体字。

一路上看到路边很多的果树，有牛奶树上的牛奶果，还有杨桃、杧果等。天气渐热，但依然挡不住摩肩接踵的人潮，据说当地人过年都到寺庙来，因而这里一直是人来人往、熙熙攘攘。

这是一个没有冬天的小镇。每年从4月到8月，都是热天，其他是雨季。一年只有热季和雨季这两个季节。

下午到海云岭，路过灵姑湾。晚上看《魅力岘港》演出。

在博物馆，看到两张照片，给我留下深刻印象。一张是1965年美军从岘港登陆，扔下第一枚炸弹，被吓到的越南人惊慌失措，后面是荷枪实弹的美国大兵赶着他们往前跑，其中一个赤身裸体的少年跑在前面，一脸惊恐的表情，据说他当时正在海湾洗澡，突然被炸弹吓倒，于是来不及穿衣就往岸上跑。还有一张照片，是美国大兵用一种喷雾器喷射一种雾状液体，喷得很远，解说员解释这是一种生化武器。因为越南到处是大山，越南民兵便躲在大山中与美军打游击，"聪明"的美国人就发明了这种生化武器来对付他们。喷雾器所到之处，树木死亡，寸草不生，人要是被喷到，非死即残，养育出的后代也会畸形。在这场战争中，越南死了五百多万人，来帮助他们的中国战士也牺牲一千多人，终于是将美国佬赶回老家。在越南的几天行程中，我们一路上也看到了茫茫的原始森林，可以想见，当年美国人看到越南民兵躲在里面神出鬼没，美国兵是何等的绝望，怪不得有人说，热带丛林是美国兵的噩梦。

晚上发了一则微信：在岘港过春节。听裴导说，"这里的风俗是大年初一不能梳头"，我照做了，因此今天中午在海湾拍照时落下了包，被后面车上的人捡到，居然还给我了。这是开年之喜。后来裴导又说："越南人过春节，大年初一是不能动水的，否则就会惹水神不高兴。"因为这话是今天上车后才说的，不知早晨洗一把脸算不算？后来回想起来，今天来了一场虚惊，可能就与此有关。看来今后听介绍得认真听完，这样才好入乡随俗。

照片上的米轨是法国人修的，直通昆明河口，可惜我们是乘机来的，无福体验。路上看到穿奥黛的女人，相机一齐上，这个女人惊慌失措，无意中被追成名星了。

四

2012 年 2 月 17 日，这是一个晴朗的日子。

已经是到岘港后的第三天，游巴拿山。传说，一个法国人到了山上，发现这里种了很多橡胶，于是说"巴拿巴拿"，当地人以为他说的是这座山，于是"巴拿山"就此成名。

白马山原始森林，莽莽苍苍，一眼望不到边，一点也不输我们云南西双版纳热带雨林的盛景。路边的董棕与松树同林。都说云南的许多地方是"一山有四季，十里不同天"，越南也有类似的气候。导游告诉我们，在这里，每天 9 点到 11 点是春天，3 点以前是夏天，6 点以后就是冬天。可知一天之中，气候变化的繁复。

在这里，还见到了十分炫丽的皇后花。傍晚下山，在山脚见到一棵果树，金黄的橘子挂满枝头。导游见我们围着橘子照相，说我们可以摘一颗尝尝，没想到，居然甜得让你怀疑人生。

到越南的第三天。今天自由活动，我们安排到惠安。

一听到"惠安"这个词，就觉得似曾相识，等到了古城，看到沿街的琼府会馆、湖州会馆、广肇会馆、中华会馆，方知这条古街乃乾隆年间中国人来到越南所建。信步走入福建会馆，深宅大院，建筑高大雄伟，宗祠肃穆，一副副对联，浸润中国文化，看过题词，方知乃乾隆年间福建泉州一个叫施泽宏的先人所建。大堂里，海国尊亲的牌匾下，供奉着南海观音。光绪二十六年的对联"德泽荫蒲田万众咸歌乐利；恩波流海国九州共庆安澜"。大殿第一重，海天慈航牌匾下，"浪静平共仰恩普照；民安物阜咸沾大化无私""海国安润如履平地；舟车普济若在春风"岂不是祖先们的愿景。最里面立于光绪二十六年的接修拜亭，两副对联"福泽八闽威仪万里；建基百越文物千秋"，联首暗藏"福建"二字。"浩气塞苍冥千载常如一日；至诚参化育百王本是同神"好大气势。堂前不时有人焚香祭拜，状极虔诚。

惠安古城建筑不高，大多属于那种一至二层的中式建筑，金色的瓦肆被岁月涂成深黑，赭黄的院墙叙说着祖先的荣光，道路两边挤满了一家挨一家的商铺，若不是客人询问，店主人很少主动招揽。许多是本地居家的越南人。我们看到一家"奥黛"店，顺路走了过去。

三十岁的惠安女孩陈明。这个年轻女孩很有亲和力，高中学历，学了三个月中文，给自己说喜欢日月，起了这个中文名字，后来我说这个名字更适合男孩用，不如改为"茗翠"，像普洱茶一样有味，像春天的树叶一样翠绿，她立马就调出中文软件修改过来。她有四兄妹，一个姐姐两个弟弟。她和父母亲一家三口开了这个店，她母亲的脚有些跛，看我们进去，招呼我们喝茶、吃瓜子，还端来一盘糖果，雪白的椰蓉干十分爽口。

中午，在一家叫作KEMCHUOI的小店用餐，点了一份"Fer-bureful"加墨鱼，本来想尝尝小吃，又怕路边摊不卫生。后来品尝了"茗信皮"饼。小店位于古城农贸市场不远的十字路口，店虽不大，但颇讲究，门口摆放着两盆金黄的菊花，一棵碗口大的树，巴掌大的树叶，看起来有些像枇杷，树不大，却长得枝繁叶茂，坐在门口的屋檐下，吹着徐徐的凉风，看戴斗笠的越南女子穿着奥黛走过椰子树下，或是白人情侣戴着墨镜穿过小桥而来，不时有摩托的突突声，夹杂着小鸟的叫声，倒也十分惬意。此时，天上毒辣的太阳莫奈我何，恰好被身旁的大树挡住。

古城的外国人很多，尤其是年轻的白人，他们成双结队骑着自行车，一边蹬着踏板，一边东张西望欣赏路边的风景。上了年纪的外国人，则舒适地躺在"老爷车"上，一如二十世纪上海滩有过的情形。

在这个城市，天气炎热，到处是绿色植物，无愧一个绿色的宝岛，怪不得历史上缕缕成为强盗的"盘中餐"——沦为一个又一个西方列强的殖民地。

到岘港的第四天，让我们购物。到一家橡胶家具店，在销售人员的反复洗脑下，为了每天 8 小时的甜美时光，咬咬牙掏口袋花费万元，买了一个厚厚的橡胶床垫。带回家后发行，床垫过于柔软，不适合垫床，于是，这个床垫一直放置在我家卧室的一个角落，成为旅游购物应该"剁手"的警示物。还买了丝绸和一套二千多元的床上用品，这个较为实用。

时近黄昏，才来到惠安古镇赏灯。晚饭当然是自己解决，走进一家海鲜店，导购女孩很热情，看了半天菜单，却不知如何下手——全是英文字母。

惠安古城，我就说这个名字咋那么熟悉，经过了解，果真是华人祖先在二十世纪远涉重洋后留下的遗迹。由于这里曾经属于南越，被美军在海港驻军，至今街道上不时晃动着白人的身影，老百姓对英语的熟悉程度远胜汉语。除此，灯会爆表的人流中，居然有一只闲庭信步的公鸡，在熙来攘往的人流中着实惹眼。

黑龙潭看梅

一

两树梅花一潭水，四时烟雨半山云。

我们不是常说"笑靥如花"么，那么梅可以说是"羞颜如花"了，荒寂的冬日，残叶的间隙，捉迷藏似的，就那么若隐若现、星星点点、零零碎碎地点缀着这被称之为"梅"的花瓣儿，那真是羞煞梅也么哥！

当我看黑龙潭的梅时，我感觉到梅也在看我。你看，就在一个那么荒僻的地方，在一个古木幽深的龙潭后面，在一个长满了荒草的高坡上，在一个艳阳高照的下午，"梅"高昂着头，仿佛在等待她的梦中情人……正在这时，我来了！这是一个多么浪漫多么赏心悦目的约会啊！

对于黑龙潭，我历来有一种初恋般的情结。何也？是我的大学时代在这里留下了太多的回忆吗，还是它那一大片幽深、神秘的古木苍林？说不清，说不清道不明。

黑龙潭有许多东西值得一看，那"清水一边淌，浑水一边流"的龙潭水，自然是尽人皆知？还有宋朝的古柏、明代的山茶，也都不容错过。但我这里要说的不是这些，而是梅——黑龙潭的梅。也许有人会问：黑龙潭的梅与其他地方的梅有什么不同？我说，它藏在古木幽深的黑龙潭后面啊——深山藏古梅，仅此一条，足矣。

这里用"藏"这个词，想来并不过分吧？在一个远离人寰的古寺里，羞答答的梅花儿在大雪下面静悄悄儿开——多么诗意的一种栖居啊！

黑龙潭的梅很有些历史。唐梅、宋柏、明茶被奉为黑龙潭的"三异木"，都大有名气。这里的唐梅相传为唐开元元年（713）道安和尚手植。面对古梅，人们留下了"是梅是图两不知""不信古时春，相见古时梅"等许多佳句。我尤其喜欢的，是祖师殿前的一副对联：宋柏经霜秀；寒梅化雪开。记得20世纪80年代初，我刚上大学的时候，就来这里赏过梅。古朴苍黑的树干，衬着一大群风华正茂的年轻学子，那时候，我们对那嫣然绽放的青春并未怎样留意，竟没留下什么深刻的印象，及至到了21世纪初的今天，待我重游此地，发现寺院里古老的唐梅早已魂兮归去，方才感到了一丝惋惜。是啊，看到当年雄姿勃发而今已经枯萎的树桩，再也发不出俏丽的花枝，你怎能不感叹生命的易逝呢！

幸好后来人又在黑龙潭种下了许许多多的梅。

梅，雪梅，她幽香袭人，她冰清玉洁，在寒冬的二月，她独自在杳无人迹的深山展示绝色。有点孤芳自赏么？是的！它纯洁，如同少女羞涩的笑，只在萧条的深冬绽放蓓蕾；她高贵，无须玫瑰花式的浓妆，便能尽显她内在的美；她专情，唯有十二月料峭的寒风，能与她悄悄约会……事实上，黑龙潭的梅俨然成了冬季美的标杆——在寒气逼人、万物萧条的隆冬时节，在寒彻骨髓的龙潭边，这一枝独放傲迎霜雪的俏姿，无论是其勇气还是风骨，怎能不让人由衷赞叹？

寒梅傲雪开，她绝不媚俗，更不妖冶，对于梅，我只听说过"蜡梅"的，没有听说过"艳梅"，对于梅，当然就更不能用"艳美"之类的形容词。她甚至不用打扮，"红花还要绿叶衬"，可她呢，居然不需要一片儿绿叶，就儿自绽放了！怪不得有人说她心高呢！不媚俗、不低头、铮铮傲骨、不屈不挠，这些都是寒梅的品质，囊括了如此多的美德，这就难怪，当寒梅绽放，人人竞相与之留影，女孩子们更是争相以"梅"来命名：雪梅、青梅、秀梅、丽梅……每一个以梅命名的"美眉"的名字，都是一枝俏丽的花，都是一幅写意的画，都是一首押韵的诗！记得大学时，我们同学中就有两个女同学叫"雪梅"，而且姓也完全一样，叫名字的时候，你答她也答，收信件的时候，稍不留心就会搞错，弄出许多啼笑皆非的故事……

二

千岁梅花千尺潭，春风先到彩云南。
香吹蒙凤龟兹笛，影伴天龙石佛龛。
玉斧曾遭图外划，骊珠常向水中探。
只嗟李杜无题句，不与谪仙季迪谈。

这是清人阮元写下的《游黑龙潭看唐梅》七律。其中的"千岁梅花千尺潭，春风先到彩云南"被人广为传颂，成为描写这个边疆古城的千古名句。

人们喜欢以花喻人，不同的花代表不同的人，代表不同人的品性。提到"红梅"，我首先想到的是《红梅赞》这首歌。"红岩上红梅开，千里冰霜脚下踩，三九严寒何所惧"，这是歌剧《江姐》的主题曲。少年时看小说《红岩》，被江姐在监狱中不畏敌人的严刑拷打，哪怕手指被钉竹签，非人的折磨之下，她仍然坚贞不屈，并领导狱中的难友同敌人展开坚决的斗争。此后，每当我听到《红梅赞》这首歌，就会被其深情悠远的旋律打动。

在生活中，能够经历风霜雨雪而相濡以沫的夫妻，我们把他们叫作"患难夫妻"；能够历经血与火的磨难，而仍然不会背叛你的朋友，我们叫他"挚友"……梅花的这一种堪称"患难"与"诚挚"的品质，不正是我们在人世间想要努力寻找的那种最为可贵的东西吗？

我来到黑龙潭的时候，正是一场大雪下过不久。在梅树苍老的黑色的枝丫下，偶尔还能看到零星的雪。想一想，这是刚刚过了冬至的日子，在素以温暖著称的"春城"昆明，人们带着讶异的心情，刚刚迎来了一场来自远方的美丽的洁白的问候，才没几天，嗅着一缕淡淡的幽香，"梅"便轻轻地踏雪而至，能不给人一种惊喜么？

残雪、古梅、红土掩映的清晨，这一切，有几分凄清，又有几分肃杀的美，对于梅花的开放，是再适合不过的了。当然，不管怎样的环境，只要到了这个季节，梅花都会如约而至，绝不退后，绝不畏缩，这是怎样的一种勇气？

"宝剑锋从磨砺出，梅花香自苦寒来。"宝剑空留躯壳，仗剑直言的时代随着屈原沉江不再；一年一度梅花绽放的时候，灿烂的华姿依然霸屏。说是"梅开二度"，其实早已不知开了几度。岁月老去，花枝灿然，冬去春来，空余花香，一拨又一拨道士来了又去，一拨又一拨客人去了又来，其实，梅花的存在，或者说绽放，跟他们又有什么关系呢？黑龙潭梅花的绽放，从来不会因为哪一个人欣赏或不欣赏，就绽放或凋谢，"寒梅独自开"，永远是它屹立于人间的姿态。要不你看，为何你寻了半日，才猛然惊觉，原来，它就那么深深地藏在远离尘嚣的一个古寺里面。

寒潭千载洁；
玉骨一堆香。

都说深山藏古寺，有谁知道古寺里还"藏"着这样一副对联。这副对联里的"玉骨"，说的是南明忠义之士薛尔望，其全家的合葬墓，就是被人誉之为黑龙潭四绝之一的"明墓"。薛尔望是明末清初时的昆明一书生。据《明史》记载，顺治辛丑（南明永历十五年，公元 1661 年），吴三桂率领清兵追击南明永历帝，永历帝从昆明败走缅甸。薛尔望看到南明大势已去，叹息曰："不能背城战，君臣同死社稷，故欲走蛮邦以苟活，重可羞耶！""吾不惜以七尺躯为天下明大义。"就携妻儿媳孙侍女投潭殉节，后人称之为忠义之士，为其立墓纪念。

清末，云南经济特科状元袁嘉谷曾撰联一副，赞扬其品质：

> 扶一代纲常，秀才真以天下任；
> 奉千秋俎豆，伊人宛在水中央。

由于墓地深藏在黑龙潭公园最里边的山脚下，很少有人涉足，因而大多数时候，墓地都是沉寂的。也许，不被更多的人打扰，或正是薛尔望先生的愿望吧？

谁说的"人在花间死，做鬼也风流"？人们对"风流"的理解，可谓是仁者见仁。有的人活在世上，行尸走肉，只求做一天和尚撞一天钟；还有人锱铢必较，唯恐自己吃一丁点亏；也有郑板桥一类的"高人"，不能"居无竹"，但却"难得糊涂"。古往今来，如同"惜往日之曾信兮，受命诏以昭时"的屈原，"壮志饥餐胡虏肉，笑谈渴饮匈奴血"的岳飞，又有几个？更何况薛尔望这样的仁人义士，为了一个大写的"人"字，竟可以携家带口，不惧深渊纵身一跃？

黑龙潭的梅开得灿烂，但十分短暂，如同薛尔望先生昙花一现的人生。生命如同过客，比起宇宙存在的漫长时日，哪一个人的生命不是匆匆过客？从这个意义上说，如果你来这世上一遭，只要能够留下一星半点，哪怕是一缕幽香，那就已经足够了。这是否就是黑龙潭赏梅给我们留下的启示？

端午怀亲

在我的记忆中，端午节注定是个怀念亲人的节日。

在中国，这个节日已有 2000 多年历史。端午节的由来与传说很多，大多与纪念屈原有关。据《史记卷八十四·屈原贾生列传》记载，春秋时期楚怀王的大臣屈原，倡导举贤授能，富国强兵，力主联齐抗秦，遭到贵族子兰等人的强烈反对，屈原遭谗去职，被赶出都城，流放到沅、湘流域。他在流放中，写下了忧国忧民的《离骚》《天问》《九歌》等不朽诗篇，因而，端午节也称"诗人节"。公元前 278 年，秦军攻破楚国京都。屈原眼看自己的祖国被侵略，心如刀割，但是始终不忍舍弃，于五月初五，在写下了绝笔《怀沙》之后，抱石投汨罗江身死。屈原死后，楚国百姓哀痛异常，纷纷涌到汨罗江边去凭吊屈原。从此有了龙舟竞渡、吃粽子、喝雄黄酒的风俗，大家以此来纪念爱国诗人屈原。

我的家乡在楚雄彝族自治州的大山之中，远离沅、湘，最隆重的节日是火把节，与端午节无缘。但我对端午节的情感，并不因此而减弱，相反，每年端午之际，我的心中仍然会升起一股浓浓的怀念。这样的怀念源于我的母亲。

记得多年以前，由于肝脏不好，母亲常常消化不良，医生建议少吃油腻等食物，从那时起，我们就很少给母亲吃糯米这一类食物了。因为我们觉得，糯米黏性重，难以消化。后来渐渐养成一种习惯，粽子也就成为母亲食谱中的禁忌之列。后来母亲来到昆明居住，每到端午节，看龙舟竞渡，嗅米粽飘香，耳濡目染之中，也会念叨能不能吃粽子？我们当然一律禁止。有一年，又到端午节，老家来人看望母亲，竟瞒着我，给母亲开了"粽戒"，我听后可以说是大惊失色。因为母亲都已七十多岁了，而且肝病时时复发，其肠胃的虚弱已经无以复加，这时候给她吃粽子，会有什么好结果呢？就这样我们在无限的担忧中过了几天，奇怪的是，母亲不但没事，反倒说是双足有力，原本虚弱的她竟能爬得上楼梯了！问过一个中医，说是母亲因为营养不良，身体过于虚弱，粽子是糯米，可以补虚，因而对于母亲而言是适合的食疗方子。我们听了，一颗悬着的心才放了下来。

后来，母亲经常吃糯米，我们也就到处买糯米。糯米看起来普通，其实好坏质地不同。比如说颜色，就有白糯米、紫糯米、黑糯米之分。比较起来，紫糯米、黑糯米较为名贵，营养也更好。由于商店里买到的糯米大多是陈米，吃起来粗糙，口感不好，所以我们想方设法给母亲到外地买米。妹妹从老家带来糯米，表弟曹礼明把自家种的白糯米也带来了，虽然可能由于稻种的关系，煮出饭来并不香甜，但由于是我舅舅家里送过来的，米中带着种稻人的汗水和情意，因此母亲的胃口大开，还是吃了不少。看着母亲吃糯米成瘾，我们给母亲买米的兴致就更高了。就是到很远的地方出差，我们都会特意打听当地有无好的糯米出售。我因为经常外出，更成了买米的积极分子。到文山出差，听说那里的黑糯米好，就带了两斤回来；去墨江办事，听说那里的紫糯米名贵，也买了许多……我们买的越来越"贪心"，母亲毕竟年事已高，消化功能也不强，其实吃不了多少，时间长了，免不了生虫。我们于是也"帮"着母亲吃。当然我们的吃法有些改革，就是在日常的粳米中掺一点糯米，这样吃起来既有糯米的香甜，又容易消化。母亲吃了一段时间糯米，身体渐渐恢复元气，原本下不了楼整天窝在6楼的七旬老人，也不时下到院子里晒晒太阳，脸色日渐红润，笑声也多了起来。母亲康健，我们做子女的心怀感念——说起来，一切都是糯米的功劳，而且缘起于端午，因此我对粽子也就有了更深的感情。

彩缕碧筠粽，香粳白玉团。

逝者良自苦，今人反为欢。

哀哉徇名士，没命求所难。

也许，在一般人的眼中，粽子看起来平常，不就是一片苇叶，半两香糯做成的食物嘛？其实，不论选择的是紫糯、白糯，也不论包装是竹叶、苇叶或箬叶，也不论制作者是男是女，这端午节悉心做成的粽子，总是一颗"心"的形状。或许正是如此，每到端午，人们对粽子总是情有独钟，往往吃在嘴里，甜在心里，对古人或亲人的怀念，就更不曾中断过。

一个普通的节日，由于它承载了古代诗人的名节，我们过起来就有别样滋味；一粒小小的粽子，由于它糅进了亲情，添加了关爱，我们品尝的时候就格外香甜……或许，这就是中国节日的与众不同之处，这就是一个家庭血浓于水的根本原因。有道是：年年端午年年粽，岁岁人情别样浓。

2022 年 6 月 23 日端午节

情人节到以色列

一

2017 年 2 月 13 日前往中东。关键词：期待。

按理说，约一个心仪的人，到咖啡馆泡上半天，将阴天泡成晴天，将冷天泡成暖天，是情人节应有之义。不料我被航空公司谋算，登上了飞往以色列的航班。先在天寒地冻中由北京转机，雾蒙蒙的灰天下，看一轮红日落山，所谓的"山"，也不过是停机坪外不高不低的楼房，与大自然的山相去甚远。

今晚是 2 月 13 日，熬到半夜，凌晨的 1 点 55 分，就要登上飞机，11 小时后，去往以色列的特拉维夫，这个粉红色的佳节，注定要在缺少佳人陪伴的暗夜中度过了。幸运的是，没有佳人，但有亲人。

导游米哈，来自以北部，他大学学的是汉语，研究生学的是管理。为了追求梦想，二十岁到台，十年后到上海，待了两年半。据米哈介绍，以色列人口不多，也就 850 万。说到这里的宗教、资源，说到这里的土地和巴以纷争，米哈一声叹息。他认为以色列目前处在一个十字路口。他和我们谈起五千年的犹太文明史，以及耶路撒冷这个聚集了犹太教、基督教、伊斯兰教的宗教发源地。当然，米哈的口中也有引以为傲的地方，比如以色列人口不多，却有 12 个人获得诺贝尔奖。除了 85 万人口的耶路撒冷这个三教圣地，特拉维夫是以色列的金融中心，还是这个国家的第二大城市，有着 46 万人口。以色列全民皆兵，到处可看到穿着军装的士兵，这里每个人都要服兵役，男的三年，女的二十个月，他们每年都要去参加军训。以色列的安保十分严苛，机场、海关禁止拍照。

中午在加油站购物。什么挂盘、神毯、马赛克，无不精美绝伦。特别是马赛克胸饰，有镶钻的，精美大气，价格也不菲，其中一件镶钻、镶金的"希望树"，要近两万元人民币。一个绘有阿拉伯人物的国际象棋棋盘，由橄榄木、骆驼骨头等拼接而成，价格也过万元。钻石产业、农业、高科技、旅游、死海产品等，都是以色列的长项。油橄榄到处都有种植，路边上，一人高的橘子结果了，枝头金黄的果实在风中摇曳。

今天我们去以北部，气温有点低，在7-13度之间，因为怕下雨，一直带着伞。

黑漆的天空，不时有鸟儿划过。路上行人不多，褐色的土地非常平整。车窗外，是一大片平原，偶尔有一片树林，远处是高低错落的楼房。城边小河流过，因为刚刚下过雨，河水有些浑浊。突然一片白色房子呈现在我们面前，这就是特拉维夫，金融与演艺之城。特拉维夫的道路干净整洁，三车道上，汽车徐徐前行。树木疏落有致，绿化带修剪得十分整齐。脚下露在外面的都是沙，这就是一个沙漠上建起来的城市，上帝将智慧都给了他们。这里的房价很高，一个小公寓三房一厅，就要80-100万美金，稍微高档一些的，房价就要翻倍。特拉维夫，一座海边城市。下着雨，却无法阻止妇女出门遛狗，青年穿着短裤跑步，海边上有海鸥飞过，海水中有青年踏着舢板冲浪，卷起的浪花冲得比人还高。

来到雅法镇。这是一座紧邻着海边的小镇。城堡一样的城市，家家都安着防盗门，窗子不大，却也装上铁条，令人想起电影《盖世太保》中的某个场所，看得出来居民们强烈的防范心理。石板路铺就的小巷很窄，一直上坡，雨水淋下来变成了瀑布，我们就在瀑布中行进。大雨倾盆中，我们参观了基督教的彼特教堂。教堂旁边，一座石桥，刻着星座，叫许愿桥。再往上走，山顶上一座拱门雕塑，"雅戈的梦"，出自圣经。1903年前这个小镇逐步建立起来。1906年开始兴盛，特拉维夫是1934年建成的，雅法小镇比特拉维夫还要古老。

路过安他利亚城，都是一些两三层的不太高大的楼房。

二

进入古罗马凯撒利亚公园。罗马人统治下的犹太王国是一个附属国，由罗马派地方总督统治，公元前37年前后，罗马元老院任命西律为总督。为了向罗马人示好，他下令在今天的凯撒利亚修建了一个极具罗马特点的港口城市，并把名字叫作凯撒利亚，意思是凯撒之城。在这里，我们参观了古城堡、斗牛场以及这里的码头、断墙。在古罗马剧场，我刚举起相机，却看到两位金发碧眼的少女从高高的石阶上走来。逆光中，少女的金发被风吹起，露出月牙般白皙的面庞。见我拍照，少女羞涩地抿嘴一笑，摁下快门的瞬间，时光穿越回两千多年前的斗牛场：海边巨大的空地上，欢呼声雷动，越过高昂的牛头，看得见舞动的红披风，愤怒的公牛追着勇士乱跑，剧场里欢声雷动……随着斗牛士一剑插入牛颈，台上欢声雷动。此时。一个青年见我照相，便礼貌地让到一边。我照完他刚想起步，又过来一拨客人留影，于是他只好继续在一边候着。这样的情景，在以色列随处可见。

与这些气喘吁吁苟延残喘的古建筑相伴的，是不时可见的青松树。这里的季节是小女孩的脸，一天三变；天空稍稍放晴，我们的欢呼声还未停顿，大雨又劈头盖脸地浇下来。

导游一路给我们讲了不少以色列和巴勒斯坦的情况，这是一个极有耐心，又虚心好学的青年。

午餐在一家叫德鲁逊的餐厅。走了一个上午，实在是太饿了，几乎可以说是"饿虎扑食"，什么鸡堡、肯德鸡饭、苦咖啡、甜椰枣统统上来，还第一次吃到鹰嘴豆油。一个山姆大叔抬着一个大盆，见人就给一份，见他在那派发烧饼，我也去排队，但他不给我，我咿呀咿呀和他比画半天，也说不清楚，找领队，却踪影全无，焦急间，一个其他旅行社的领队走过来，和他交流两句，才指示我到一个自助区。

午饭后，到米哈依公园。公园坐落在著名的海港城市海法，沿着公园的石阶一路走下去，可以直达海边。据说这是米哈依宗教领袖的墓地，每天只开放一至两次，还要有他们熟悉的人带着，才能进入园区的纵深地带。

终于来到了著名的戈兰高地。在以色列和叙利亚之间，有一块南北长 71 公里，中部最宽处约 43 公里，面积 1800 平方公里的土地，这就是戈兰高地。戈兰高地是一块隆起的土地，居高临下，从这里可以俯瞰以色列加利利谷地。高地上公路交通网密布，库奈特拉为此地重镇，有公路直通叙利亚首都大马士革，只有 60 公里路程，战略价值无可替代。更加重要的是，它不仅毗邻约旦河谷，又临近约旦河上游的太巴列湖，降水丰富，被称为"中东水塔"。这里不仅树木葱郁，还能种植粮食，是重要的粮食产区，在常年干旱少雨的中东地区，其重要性不言而喻。以色列国内使用的水源 40% 来自这里。

当然，旅行社是不敢明目张胆安排的，到戈兰高地，属于"自费"项目。登上戈兰高地，到处是千疮百孔的弹痕，到处是炮弹留下的巨坑，以及深达百米的地道，通过这些，你可以想象，这里曾经发生的战斗有多激烈。登上戈兰高地，居高临下，一眼便可以看到叙利亚广袤的土地，这里已经不仅仅是"一夫当关，万夫莫开"，而是完完全全的战略"制高点"。说是和平，实际上是非常短暂的，就在我们离开戈兰高地一个月后，就见央视报道，戈兰高地再次发生炮击。这已经不是一点就着的"火药桶"，而是不点也着的"炸药包"！

这里还是著名的葡萄酒产地。不仅仅有美酒，还有比美酒更烈的——"炮火"。路边上，不时可以见到插着小黄旗的区域。

"那里都是地雷，"导游米哈说，"1973年战争打起来，我4岁，躲在防空洞，有炮弹落在我家院子，我家就住在山对面的加利。我高中时，又遇到战争，我们上不了学，后来美国打伊拉克，伊拉克攻击我们，我们只有戴着防毒面具，以防瓦斯中毒。"如今虽听不到枪声，但道路上军车、坦克仍不时开过来，军事营房更是处处可见。路边甚至还有穿短袖、挎长枪的士兵站岗。

这是一片富庶之地。路边上，先是大片的麦田，麦田边的草地，草地上的黄牛，还有参差不齐的树木，它们大多是油橄榄、橘子，一人高的灌木丛边，桃花开得正盛。通往戈兰高地的沿途山地居多，黑色的火山石挤走植物，占领了一片又一片山坡。除了开花的植物，蜜蜂箱布置整齐，最多的是苹果园，戈兰高地的苹果很有名。

我们回来的时候，雨雾蒙蒙，不知不觉中，气温低了下来，不时可以看到道路旁夜色掩映下的加油站、小商店，还有一座座整齐的营房。

夜宿加利利湖边，提比利亚的瑞莫宁大酒店。

耶路撒冷不太冷

一

2017 年 2 月 19 日关键词：回到以色列。

经过四天的约旦游，今晨离开约旦，返回以色列。

早上 6 点多起床，7:30 离开酒店，前往约以边境。沿着死海走了一段，靠近边境，路的右边是约旦河。办完边境出入关手续，赶往伯利恒。走了不远，又看到死海，同是死海，但这片海域与早上看到的那片不是一个概念，早上在约旦，现在到以色列，现在看到的是在早上看到的对面，属于昨天我们在摩西大教堂山顶遥望时看到的地方。

死海边，在以色列一家 Premier 品牌店，大家汹涌购物。买得最多的是死海泥浴盐、面膜、香皂之类。店员在我们手背涂上死海泥，揩不掉，他拿出一块磁铁，一擦，立马干干净净，看来真的是矿物质。

过来一个金发碧眼的年轻女郎，不知是店员还是顾客，有男士请求合影，女郎爽快地答应了，我也跃跃欲试，想不到女郎挺大方主动，扶着我的肩膀摆各种姿势，拍了一张又一张，心花怒放，欲罢不能。末了才知道，这就是著名的乌克兰美女。

都说烂泥巴糊不上墙，死海的"烂泥巴"是拿来敷脸的，而且价值不菲，300 克的一小包，要卖 10 美金。看大家在排着长队购买，我对这一切不感兴趣，便悄悄到后门。这里才是别有洞天。一望无垠的死海，仿佛神话传说中的一块巨大的神毯，铺展在天地之间。艳阳高照，灿烂的阳光洒在海面上，金光闪闪，熠熠生辉。这是真正意义上的"金"光，因为这里的海水富含重金属与矿物质，经过阳光的折射，变成了无数颗粒状的光点洒在海面上，有如无数颗珍贵的钻石，镶钻在巨大的蓝丝绒上面，那一种高贵与华美，绝非你的想象可以形容，完全不像我们平时见过的小河里带状的波浪。此时的"死海"，充满了生命气息。

有人在沙滩上散步，有人在海面上漂浮。我身旁的咖啡屋，宁静且安详，客人们手中的咖啡还袅袅冒着热气。风从江上吹来，越过广阔的海面，越过阳光与金子编织的滤网，轻轻抚摸着你的面庞。我想这样一种独特的风的"面膜"，一定比死海泥更能美容吧？

二

一大早，我们来到伯利恒。这里是耶稣诞生的地方，每年吸引全球数百万基督徒前来朝圣。

伯利恒位于犹太山地顶部，耶路撒冷以南，海拔680米，历史上曾经被众多的帝国所统治。以色列控制着伯利恒的进出口，而日常行政由巴勒斯坦民族权力机构进行管理。在现代，伯利恒以穆斯林占多数，但拥有巴勒斯坦地区的第二大基督徒社区。巴以之间剑拔弩张的关系，在伯利恒你可以感受得到。距离我们吃饭的地方十来米远，三四米高的隔离墙高高耸立，令人望而生畏。见到我们，巴勒斯坦人都围上来兜售纪念品，其中一个十一二岁年纪的胖小孩，不停往我手上堆冰箱贴画，我告诉他只有人民币，他说好，最后我给他20元人民币买了一版。这时过来一个青年男子，言称自己是巴勒斯坦人，我又跟他买了两个手镯。但过后我有些怀疑，我给他们的人民币，真的可以在这里流通使用吗？我们吃午饭的饭店门口还有一些青年、老年人在兜售物品，神情都较为凄惶与急切。

出了伯利恒的关口，右边是一排高大的围墙，导游说是很久以前的犹太教时期修建的。这里是以色列的地盘，人们在不慌不忙地生活。有人在城门口拉小提琴，还有一群少年在围墙下面的草地上踢球，他们的年纪与墙内卖纪念品的巴勒斯坦少年相仿。几只和平鸽在空中萦绕，但愿巴以也有实现民族和解的那一天。

伯利恒古迹众多。星洞是圣诞教堂中最具宗教和历史意义的部分。相传耶稣当年就出生在这个长13米、宽3米的地下岩洞中的一个泥马槽里。后来，泥马槽被人用银马槽所替代，再往后，银马槽又被换成了一个大理石圣坛，上面镶嵌着一枚空心的14角伯利恒银星以表示耶稣出生的具体位置，并镌刻着拉丁文铭文：圣母玛利亚在此生下基督耶稣。圣坛上空悬挂着15盏属于基督教各派并在不同时间点燃的银制油灯，昼夜不灭地映照着这块狭小却牵动10多亿基督徒的神圣角落。

导游是出生在伯利恒的哈利特。据国内的领队说，我们脚下是以色列A区。我想起了热情友好的巴勒斯坦少年，心中有一种说不出的滋味。

下午3点，到橄榄山，此山在耶路撒冷对面。在此遥望对面的耶路撒冷，一大片古城盘踞在对面的山头。古堡似的石头城、阿克萨清真寺圆顶、厚重的城墙暴露在阳光下。从山头到山脚，爬山的车队排成长龙。这里据说有三个教堂。说实在的，耶路撒冷——这个名字我们实在太熟悉了，但我从未想过有一天会来到这里，当它的真容暴露在我的面前，反而让我手足无措，不知要怎样表达此时的感受。

如同犹太人多灾多难的历史，耶路撒冷曾经多次被毁，又多次重建。最近的一次，是在1970年。据说这次灾难，耶稣早在2000多年前就曾预言。当时，耶稣被罗马人抓获，在押送他到审判台的路上，他遇到一个耶路撒冷的小女孩，便告诉她，耶路撒冷一定会被毁坏。橄榄山从山脚到山头，小饭桌似的墓地几乎盖满这里的土地。有的"小饭桌"上还密布着拳头大小的石头，以色列导游解释，石头越多，说明来上坟的人越多。据说这里埋着许多名人。

三

约下午四点到耶路撒冷。

耶路撒冷，5000 多年历史，曾经是落后的小村，后来犹太人散落到世界各地，后来又回来。当地导游说，世界上有十分美，其中九分在耶路撒冷。这样的香饽饽，怪不得巴以都不相让。

祖库教堂，这是耶稣被擒获的地方。据说耶稣被罗马人抓获的前夜，他感到耶路撒冷古城将毁，于是在这里痛哭不已。

接着参观万国教堂，12 个球形建筑由 12 国捐款建盖。

柯西玛丽教堂，圣母长眠于此。距此约 50 米的地方，便是最后的晚餐发生地，正当罗马人认不出谁是耶稣之时，一个人上前亲吻他，耶稣于是被抓。这个人是谁，想来今天的地球人都知道。

夜色蒙眬，导游将我们送到一个绿色大棚，说这里夜市很著名，放风 40 分钟。这是近距离接触以色列人的好机会，我们当然不会错过。

相比起女人们忙着选购巧克力、椰枣、色拉，男人们更喜欢一饱眼福。夜幕下的耶路撒冷，小食摊上半明半暗，一家街边酒吧生意特别兴隆。同车的一个安徽旅友点了两杯啤酒，与邻座的两个以色列女孩推杯换盏，边喝边谈，可惜他英语不好，连女孩是哪里人都不知道。我们的大翻译"向导"过来，才问清两个女孩是当地犹太人。两个女孩听说我们来自中国，大方地凑过来合影。一会儿，安徽旅友又掏出相机给对面喝着咖啡吃着面包的三个女孩拍照。他才征询她们可否拍照，其中一瘦个子女孩便站了起来。我们以为是自己冒昧了，女孩不是生气了要离开，谁知瘦女孩竟是挤过来紧挨着安徽旅友坐下。在另一个摊点，我看到几个花枝招展的少女在喝冷饮，便对准她们摁动快门。少女们突然被亮起的闪光灯惊吓，立马花容失色，我赶快竖起大拇指说了一声"Beautiful"，女孩们笑笑又继续喝她们的冷饮。这两天在以色列，我们拍到不少女孩的照片，还没有一个女孩不乐意，更没有一个女孩骂过我们。她们给我的印象，无不是美丽纯真，大方开朗。由此观之，以色列女孩大都是见过世面的！

在耶路撒冷，美女更多，一路眼睛忙不过来。让我们更快更多地摁动快门。从哭墙出来的路边，我见一个牛仔美女十分养眼便将镜头对准她，她抬起头来觑我一眼，她美得不可方物，我的心里感叹一句My God，情不自禁地赞道"Beautiful"。美女露齿一笑，一句"Thank you"让我心里的那朵花轰然怒放。

"其实如果是信教的女孩，她们可能也会不乐意，"当地同是犹太人的导游米哈说，言下之意，我们的遭遇都属意外，"当然，以色列女孩之所以胆子较大，也与她们受过军训有关。"他介绍，每个以色列女孩到18岁都要服至少两年兵役。米哈告诫我们："千万别去招惹她们，如果惹急了，她们可能回家拿出枪来对付你。"从他说话时的神情，我知道这最后一句多半是玩笑。但以色列人全民皆兵，我们是耳闻目睹了的，据说曾经有恐怖分子从约旦过来，被以色列边防军女兵追赶，躲到山林里不敢出来。他们在街头荷枪实弹的情影，我们也不时能够欣赏得到。

是夜，我们下榻在一家叫作"Rimonim"的酒店。

杰拉什：消逝的文明

一

2月15日，来到距离加利利湖不远的地方，看到约旦河，这是一条贯穿加利利到死海的河流。

说巧不巧，我们到约旦河边的时候，正赶上一群基督教徒洗礼。据说，这里是耶稣生与死之地，特别神圣的地方。微凉的晨风中，我们看到一个又一个教徒，涉足步入齐腰深的河流中接受洗礼。场面庄严而肃穆，四周静悄悄的没有一点声息。

随后赶到提比利亚小镇。小镇位于以色列北部的加利利湖畔，昔日的考古遗迹与现代的住宅和饭店相映生辉。提比利亚小镇建于公元一世纪，以罗马国王提比利亚的名字命名。左边梯田开满菜花，走近了才发现，其实这是一丛丛像菊一样的野花，还有一种白色的，米哈说叫"仙女"。小麦、蕉林、橘园、石榴树一路都是，还有匍匐在土地上的低矮的迎春花，以及黑色的火山石。右边看得到加利利湖，小镇仅有 10 万人口，主要是犹太人和基督徒。圣经里有提到，许多犹太重量级人物曾经生活在这里。

中午时分，我们来到加利利湖畔。在导游的引导下，我们依次登上游艇，看到成群的鸥鸟飞来，大家连忙抛出面包屑。忙过一阵，不知是谁，拿出一面国旗，大家就搞起了升国旗的仪式，同时跳起了欢快的民族舞。船上的主人是一个老人和一个小伙子。据说，他们平时靠打鱼为生，有人来访的时候，就招待游客。生活每天与湖为伴，倒也惬意。他们的日常饮食当然少不了鱼，今天中午，我们就将享用他们打上来的鱼。闲聊的当下，烤鱼的香味已在我们的唇齿之间萦绕。

吃饱喝足，我们来到了建于八福山巅的八福堂。八福山（Mt. Beatitudes）是加利利湖北岸一座高丘，因为耶稣曾在此"登山训众"传讲"山中宝训"，而且圣训的第一部分内容是论八福，故而得名。在圣经里，几千信徒与民众跟随着耶稣来到了八福山，耶稣向追随他的数千名走上这座山丘的信徒民众训话：虚心的人有福了！因为天国是他们的；哀恸的人有福了！因为他们必得安慰；温柔的人有福了！因为他们必承受地土；饥渴慕义的人有福了！因为他们必得饱足；怜恤人的人有福了！因为他们必蒙怜恤；清心的人有福了！因为他们必得见神；使人和睦的人有福了！因为他们必称为神的儿子；为义受逼迫的人有福了！因为天国是他们的。我对耶稣不甚了了，倒是对距此地不远的两条鱼五个饼救了五千人的"五饼二鱼教堂"发生了一丝兴趣。教堂门口，一个小伙在榨石榴汁，身旁堆着的石榴又大又红，让人垂涎欲滴。我们买了一杯品尝，稍稍有点涩，但味极鲜美。中午的西餐就在湖边，蔬菜沙拉很有特色，还有比塔饼——我们叫它袋饼，尚冒着热气，涂上可口的番茄酱，别有一番滋味。除了新鲜油菜，莲花白、洋葱，胡萝卜、紫莲花白都青枝绿叶，十分新鲜，仿佛还带着田野的气息，一口咬下去，吱嘎吱嘎响，很是过瘾。烤鱼和薯条端上来。饱了的我们又饱餐一顿。再上一盘新椰枣，那才叫过瘾。我还喝过一杯新鲜石榴汁，虽然有些小贵，味道还算可以。

2017年2月15日，以色列时间12:30，我们吃过午饭，驱车前往约旦。途中，看到离我们100米不到的平地上，一条道路在麦地旁绕过，米哈说，这就是以色列和约旦的边境线。此时正是中午，阳光普照大地，边境线十分安静，没有行人，没有农民在田间劳作，甚至连鸟儿也没有一只从这里飞过，如此景象在以色列，反而有些让人不安。

二

2017年2月15日。约旦河谷关键词：震撼

中午14点，进入约旦王国。这里是东非大裂谷最北端，一直顺着约旦河谷往前走，即可到达。

现在是雨季。我们从海拔-213米的淡水湖——加利利海，沿盘山路，来到海拔800米的杰拉什，一路由低到高，爬坡而上，不一样的植被，不断在我们眼前变幻，让人感到美不胜收。

约旦面积8.9万平方公里，人口900万，其中有涌进的150万叙利亚难民，还有200多万是巴以冲突后过来的巴勒斯坦人。这里没石油，没天然气，是中东唯一一个没有石油的国家——从这个角度看，阿卜杜拉能将约旦治理到今天的程度，国家稳定繁荣，人民安居乐业，已经值得表扬。约旦的旅游业发达，矿产丰富，种植业前景良好，油橄榄大量出口。我们来到的时候，山都是绿的，是约旦最美的季节。约旦一年只有两个季节，就是雨季和旱季。天气预报说，明天雨夹雪。

我们的旅游大巴所过之处，路边满树白花，导游说是桃花。

约旦的货币为第纳尔，一元兑人民币9.8元。这里有两千多华人，包括华为、中兴的员工，还有一些学生。原本姓马的翻译阿里说，他老家在甘肃，是回族，大四学生，如今在约旦大学念文学专业。因为没导游证，又另外配了一个导游，但这个导演喜欢保持沉默，基本不说话。

杰拉什古城坐落在安曼市以北40公里处，是约旦境内保存最好的古罗马城市之一，也是约旦重要的旅游景点。公元前1600年，杰拉什就有人居住。公元前64年，罗马军队占领了叙利亚及其南部包括杰拉什在内的一些城镇之后，杰拉什才逐渐按照罗马建筑风格发展，建起许多神殿、庙宇。今天还能看到这里

柱廊林立两侧，神殿屹立山顶，还有壮观的剧场，开阔的广场，浴室和喷泉。公元3世纪初叶，由于罗马帝国政治动乱，杰拉什一蹶不振。后又随着拜占庭帝国的兴起、波斯人入侵和王朝的更迭，杰拉什几度盛衰。

我们从安塔利亚的新市区进入旧市区，来到这道古城的正门——哈德良门。这座由大理石打造的门坊，是由罗马皇帝哈德良在其统治时期（117-138）年，它的三道拱门和轻盈的门柱至今保留着精美的雕刻痕迹，周围仍残留着部分古城墙。两千多年过去，古城保存完好。也有的人说，这个拱门，是为了纪念哈德良胜利归来而命名的。

南门，又叫安曼之门。进入这道门，就完全进入了古城。这里面有巨大的集市、宽阔的赛马场、正方形的竞技场，其中的罗马剧院呈半圆形，边上有石阶砌成的观众席，由低向高一层层垒起来，人们就坐在石台阶上观影，石台阶之多，我爬了好几分钟才爬到高处，站在高处往下看，让人有些眩晕，不知道那时候的观众是怎样观看演出的。中心广场的一根根石炮柱，粗大而巍峨，让人叹为观止，这也是"千柱之城"的由来。还有一些保存较为完好的柱子上面，架着一根根横梁，向导游请教，才知这不是房梁而是水槽，因为石柱较高，还要架设水槽，其难度，可想而知。而水槽能够架在这么高的地方，也可以看出古罗马人的智慧。

我们沿着古城宽阔的泥土路（过去听说都是用巨大的石板砌成的）往里走，边走边看。展现在我们眼前的，是一排排恢宏的石墙，一根根雕花巨石大柱——罗马柱，看到这巨大的石柱，漫步城中，"罗马不是一天建成的"这句话冒出我的脑海。这是真正的罗马城。刚才看过巨大的石条砌成的拱顶，翻译向我们解释其精妙的工艺，我们想破脑袋也搞不明白这是怎么建成的。试想，建设之初，如此大的规模，如此复杂的工序，这些匠人该有着怎样的建筑学知识，有着怎样的霸道手艺，才能完成这个浩大的工程。

夕阳西下，黄昏来临时的氛围，似乎与这里的环境更搭。不知为什么，毫无来由地，我就想起了在千万里之外的圆明园。同样是遗址，在约旦，我还能寻到古城的一二蛛丝马迹，但圆明园，已经连起码的断碑残碣都见不到了，我见过的最好的圆明园是在一张复原的图纸上，那是画出来的，而所谓的"遗址"，已经看不出多少痕迹。难道八国联军竟这样厉害，连同城墙砖石这样一些建筑材料，都被他们席卷去了么？

三

走出古城，来到现代化的餐厅，用过餐之后，渐渐地从数千年历史的烟尘中回到现实。这时候，思维开始变得清晰。

从以色列到约旦，最明显的感觉就是，以色列的房屋成片的多，且大多外墙面装饰性较强；约旦的居住较为分散，且多低矮陈旧；以色列道路质量好，路上的每条划线鲜明可见，约旦或许是山区多一些，画线许多模糊不清……形象点说，以色列的小镇，仿佛精心打扮的贵妇，约旦美女则素面朝天。当然你也可以认为，这样的差异是因为约旦国土面积大，而以色列国土面积小的原因，毕竟，约旦国土面积是以色列的好几倍。总体感觉，以色列像个大公园，树木花草，布置得当，修枝剪叶，自有园丁，管理得井井有条。约旦就是那个养在深闺人未识的山野妙龄女郎了！其实，明白人一眼就看得出来，还是以色列的发达程度较高，这从两地的道路、建筑，都能分出泾渭。

也许，一个地方的人是否精明，也和一个地方现代化程度成正比。有时，一个人如果过于精明，也会少了些许淳朴。反之，现代化程度稍低一些的地方，人们往往不会斤斤计较，性格也就较为温和。如果用这把尺子来丈量，以色列人和约旦人当然就会不同。这里我要表扬一下安曼给我开车的老师傅。我们在约旦境内的旅游，因为山地较多，山路崎岖，而一路下来，居然仅有少部分人晕车，这很大程度上归功于技术良好、性格温和的安曼司机大哥。

晚上，住在安曼一家叫"Daysinn"的四星级酒店。看到酒店的大堂放着一架漂亮的钢琴，一行来自遥远中国的客人顿时兴奋起来，在这里开起了音乐会。戴着阿拉伯头巾的幸老弟伴奏，来自昆明的夏荷引吭高歌。大王、月榕、Alen围在一边，不时和上一声。《在那遥远的地方》《远方的客人请你留下来》，一曲曲放哥，惹得酒店的客人驻足，酒吧的店小二，也应和着旋律跳起欢快的舞蹈。虽然外面还下着雨雪，但这一群来自东方的客人，似乎早已忘记了自己来到了万里之外遥远的异邦。

"啊，多么辉煌灿烂的阳光 / 暴风雨过去后天空多晴朗 / 清新的空气令人精神爽朗啊，多么辉煌灿烂的阳光还有个太阳比这更美，啊 我的太阳……"本来夏荷要唱《我的太阳》但唱不上去。"酒店放不开，还是明天到大沙漠去唱吧。"余兴未消的人们这才散去。

安曼物价高，这话一点不假。晚上，看着酒店门口有阿拉伯女孩大包小包拎着东西走过，Alen说了一句"商店打折"，便带着我们冲了出去。确实有商店打七折甚至五折。我看上一件纯棉T恤，一看价，119第纳尔，店员用计算器按了一阵，说90美金。兑换下来，就是600多元人民币，已经不便宜了。

晚上住四星级酒店，看到房间卫生间马桶旁，还多了一个类似洗漱盆一样的东西，因为安得很低，我以为是小孩专用面盆，导游却说那是供客人冲洗下体的龙头。奇风异俗，不一而足。

红色沙漠

2017 年 2 月 17 日。瓦帝姆沙漠。关键词：雪转晴。

因为大雪封山，原来通知九点出门，结果十点才能上路。

走上公路，整个摩西大峡谷白茫茫一片。因为大雪阻塞，我们被迫改变方向，从另一条道路绕道。走了两个小时，路边的雪野渐渐退去，再移挪一段，灿烂的阳光终于在我们的头顶上露出笑脸。

在等候通知重新确定出发时间的这一段空白，因为行程推迟，闲极无聊，候车的一行人抓起地上的积雪，你来我往打起了雪仗。司机小伙哈里兹的加入，更是使得场面一度失控。

走进沙漠，我们的坐驾换成了吉普。

这里与月球表面一样，宁静，没有喧嚣。从昨天的历史遗迹中走出来，进入大自然的怀抱，一时让人还有些不适应。

中午，手机显示的昆明气温是 22 度，我们去往沙漠路过的瓦帝姆萨气温仅 1 度。

听导游介绍，《火星救援》《阿拉伯的劳伦斯》《变形金刚 2》都是在这里拍的。约旦河的水都发源自这块沙漠的下面。这就有些厉害了。

虽然我们是为著名的红色沙漠而来，但其实，这片沙漠并没有想象中的博大，倒是沙地两边的巨石，造型独特，鬼斧神工，给人留下了深刻的印象。它们是自然形成的，但由于沙漠的风太过犀利，如同刻刀，一笔笔，一划划，苍劲有力，刻痕深厚，竟像是人工雕琢，但又比人工更加大气磅礴。这些石头体型巨大，却又层次分明，高低错落，迤逦不绝。贝都因人的帐篷就建在巨岩下面的沙漠上面。

贝都因人，称之为沙漠上的人，地道阿拉伯人，卡扎菲就是，他不穿西装，任何场合都穿袍子。不住店，喜欢住帐篷。今天我们在沙漠看到的都是这个民族。今天见到他们，个个单纯、热情、善良、乐于助人，见到我们去的人没有围好头巾，一个男子还出手相助，耐心地帮她围好。我们想和他们合影，他们也极其配合。我们当中有人骑他们的骆驼，他们按规定收20美金，便尽心尽责，每走两步就会帮你拍张照片。给我们开车的司机兄弟笑容可掬，不厌其烦陪我们拍照，我们见他身边的小孩可爱，要求一起合影，他立马叫过来搂着拍照，末了孩子还礼貌地跟我们说"谢谢"。他们的帐篷就搭在沙漠里面，见我们进去，便生上火煨茶，不一会儿，火塘燃起来了，茶也泡开了，喝着他们亲手递过来的红茶，对于来自云南茶山的我来说，似乎就有了一种特别的含义。恍惚中，来自云南的我想着也许这茶叶就来自我的故乡，从遥远的中国西双版纳易武茶山采摘，经过长时间的发酵揉制，一驮驮架上马背，跋山涉水，备尝艰辛，走过云南的茶马古道，走过西域的丝绸之路，才来到万里之外的沙漠之国，一千年前是这样，一千年后也是这样，所不同的，不过是马帮换成了汽车，骆驼换成了飞机，一千年前喝茶的人换成了他们的子孙。物是人非，但茶叶还是那片园林的茶叶，沙漠还是那片沙漠，沏茶的那双手，还是这片古老土地上的贝都因人。在红色沙漠品普洱茶，我有这样的想法不算奇怪吧？

下午四时抵达一眼望四国的亚喀巴。亚喀巴湾，也称埃拉特湾，在约旦的最南部，位于西奈半岛以东，阿拉伯大陆以西，靠近的国家有埃及、以色列、约旦和沙特阿拉伯，最靠近红海，是著名的港口贸易城市，还是约旦唯一的出海口，也是最著名的度假和潜水胜地。这里出口产品有贝壳及磷酸盐，亚喀巴湾著名的珊瑚礁与坐落其南部的佩特拉古迹、东部的月亮谷大沙漠共同构成"约旦旅游金三角"。亚喀巴湾那蔚蓝的海水，高大的棕榈树，窄窄的海滩，成为游客及当地人休闲度假的好去处。

今天是周五，大家都出来活动，因而这个海滨城市一下子就热闹了起来。

不只是自然之旅。看过1917年，劳伦斯帮助阿拉伯人打败土耳其夺回疆土，如今，历经一千年历史的风化，英雄劳伦斯的画像还刻在巨石上，与他们国王的雕像同在，令当地人民永远铭记。

今晚住亚喀巴，是一家叫"梦非克"（Movenpick）的酒店。

17:15我们到红海看日落。在一个堆满大大小小各种船只的码头，一轮黄灿灿的圆球贴近海平面，像极了一枚刚刚炖熟的土鸡蛋。世界并非想象中的红。太阳落尽，海水幽深且黑。我不太明白，这片海域为什么要叫"红海"。

回酒店的时候，看到路边一家饭馆特别热闹。此时已是当地时间晚上九点。人声鼎沸，许多人大声地谈笑、甩牌，一旁立着明亮的金属做的水烟筒。说起约旦人的"夜生活"，导游阿里形容说"十分丰富"。他们禁酒，但喝咖啡、抽水烟、打扑克，这些都是他们乐此不疲的事情。这就是他们的夜生活。

吃过晚饭我们到街上溜了一圈回来，酒店门口，遇到盛装的小孙和关姐，她俩描眉抹眼，穿得光鲜时髦，似乎要去出席一个盛大的宴会，疑惑间，小孙举着相机啪啪啪一阵猛拍，由于她拍照的地方就在酒店门口，自动门兴奋地开开合合，听到动静的大堂经理——一个和蔼可亲的中年男子走过来，二话不说，搂着小孙的肩膀就让我给他们拍合影，于是我举起相机，关姐拿过小孙的相机加上她自己的手机噼里啪啦一阵乱拍。进出的客人都好奇地回过头来。

晚上，我们外出到周边的商店购物。才进商店，便遇到一个六七岁的小孩，眼睛大大的，笑起来有点羞涩，却能主动跟我握手，大大方方与我们合影，问其名，曰"莫罕默德"。有一家商店，服务员小姐姐很漂亮，我们要求与她合影，老板欣然应允，干脆就让她与我们每一个人合影。美女高兴，我们也高兴，看着我们有了强烈的购物欲望，老板更高兴。当我们拎着大包小包的物品，路过街边的一家商店时，里面的工作人员使劲挥舞着手冲我们大喊："China welcomes！China welcomes！"喊得还十分有节奏。不知他们是欢迎我们的人还是欢迎我们兜中的money？

活了的死海

2017 年 2 月 18 日。关键词：热情。

从亚喀巴到死海，今天是我们出门的第六天了。

沿中非大裂谷最北端一直往前走，天边一座大山，那里是以色列与巴勒斯坦的地盘。看到路边一个海关，过了关是一个机场，属于以色列的港口城市埃拉特。

因为七点要出发，我们六点就起床了。住在海滨别墅，推开住宿的 Movenpick 的五星级酒店的阳台门，一股清新的海风迎面吹来。椰枣树摇曳，四周极其宁静。又过一会儿，阳光就涂满了对面的山头。这时候有些遗憾：为什么不早一点起床，到下面的海滩上走走？

其实，昨天黄昏到达的时候，我们曾经在海边散步。沙滩很软，海边的风很轻柔，穿过高大的椰枣树，就到了洁白的沙滩上。海水并不喧嚣，虽然海浪拍打着沙滩，但发出的声音都很好听，一阵又一阵，带着节奏，仿佛指挥棒下乐队的交响，十分动人。我们一直在海滩上行走，直到夜色深沉，直到明月如钩。

很快到了死海，这是一个我很早就听说，却没有任何实际概念的地方。

死海盐分很重，是普通大海的 4-8 倍，这么高的盐含量，自然腐蚀性很强，死海周边没任何动物，也没船只，"死海"因此得名。死海海拔 -420 米，被称为地球的"肚脐眼"，因其海拔远低于海面线，因而气候炎热，比周遭高出十度以上，一般最热的时候在中午 2 点左右。

　　海边堆着许多白盐。最宽处15公里，最窄处仅3公里。从远处看，死海比天更蓝，比地更黑，仿佛一个肤色与众不同的高贵妇人，虽死而犹生。其实，生与死本来就是一对搭档，谁又能说死海不是先死而后生的呢？

　　死海右边的岸上，有一块高高矗立的人形石头，曰"罗得回头"，其实这个回头的人不是罗得，而是罗得的妻子，她因好奇而变成盐柱。这里有一个圣经故事：所多玛人和阿莫拉人作恶多端、声名狼藉，于是耶和华决定惩处他们，毁灭这两座城市。亚伯拉罕遇见耶和华和两位天使，得知他们将要做的事情，便请求耶和华饶恕罗得和他的家人，罗得是亚伯拉罕的侄子。耶和华答应了，并许诺给亚伯拉罕，这两座城市只要任何一座能够找出十个好人，便放过这两座城市中的人。可两座城市竟连十个好人都找不出来，于是当晚，天使便赶来通知罗得，所多玛和阿莫拉将在天亮前燃烧成灰烬，他必须带着家人赶快离开，并且一路上不能回头。罗得感谢了天使的提醒，随后叫醒妻子和女儿，连夜离开。当他们跑到琐珥时，天已经开始变亮了。上帝将硫黄与火从天上喷洒下来，直击所多玛和阿莫拉。顷刻之间火光四射，黑色的烟柱直冲云霄，直到高空才散开来，形成蘑菇状的云朵。整座城市都陷在大火中，十分惨烈。罗得的妻子走在最后面，听到剧烈的声响后，她十分好奇，天使的嘱咐一时间被她抛在脑后，于是她回头看去。只一眼，她便浑身僵硬，皮肤像是在硫酸中浸泡过一样，先是变白，而后变黑，接着又变白，整个人变成了一根盐柱。后来，罗得的女儿为延续后裔与父同寝，并先后诞下摩押——摩押人的始祖和便亚米——亚扪人的始祖。今天，我们还能在"罗得回头"的地方，看到这根巨大的盐柱。

　　今天的旅程，值得一说的，除了一路上的所见所闻，还有两件事值得记述。一个是死海，一个是五星级宾馆的小黑妹。先说小黑妹。那是晚餐的时候，我们来到餐厅的门口，见到一个黑人女孩，便拿出住店的房卡示意，她瞄了一眼，伸长右臂，脸上笑着，优雅地做出一个"请"的手势。

这个黑人小妹叫"笃日"或"鲁兹"，当然，我认为应该叫后者，因为她的腿很长，和"鹭鸶"谐音，比较形象。我猜她的年纪，应该在 18 岁左右，是一个含苞待放的少女。她笑起来很好看，黑得油亮的脸上，露出一口小白牙，属于"一笑倾城，再笑倾国"的那一种，说话的声音柔柔的，带着一种弹性，又因为语速稍快，显示出青春女孩的俏皮与活泼。尤其是我们当中的倬帅哥觍着脸与她靠得很近地合影（当然他也可能是无辜的，因为我们的小队长 Alina 一直推着他往人家身上凑），女孩明显有些尴尬。凑合么，觉得不安妥；拒绝么，会得罪客人。这时她跳过来跑到前面，在倬先生与她挨着的肩膀那里切上一刀，切上一个缝隙。这个动作她是用她的右手掌为刀，切面包似的一刀下去，动作干净利落，做这个动作的时候，她的脸上是带着笑的。示意完毕，她又跳着回到她的站位。这一切做得那样行云流水，毫无造作之处。享受超国民待遇的倬帅哥，虽然肩膀上被切了一刀，却一副幸灾乐祸的样子，一下子站得笔直，也许他在那里为自己的计谋终于得逞而窃喜呢！

后来鲁兹与我们一队人马一一合影，当然都是隔着一"刀"的距离。看她脸上洋溢着温馨的笑意，我感到，她就是黑人版的蒙娜丽莎，或是中国故事白蛇传中的小青。

中东行走，一路上听到许多与圣经有关的故事。这里边也有不少名人名言，其中有些不乏哲思。如主耶稣教导"因为凡要救自己生命的，必丧掉生命；凡为我丧掉生命的，必救了生命。人若赚得全世界，却丧了自己，赔上自己，有什么益处呢？"先知穆罕默德圣训："学者的墨汁，胜过烈士的鲜血。"

于 7:00 出发，12:00 到达尼泊山。摩西在这走了四十年，最后死在这里，他先杀恶人，然后逃跑，到西奈山上放羊八年。这里有摩西升天处，可在高处眺望耶路撒冷。在摩西教堂，还可俯瞰迦南，这个"流着蜜汁的地方"，属于巴勒斯坦。

12:20 前往约旦马德巴市，这里出产的水果，无花果、葡萄、石榴都很有名。这里也被称之为"马赛克之城"，还有专门的马赛克学校教授相关知识。在东正教的圣乔治教堂，我们见到马赛克铺的巴勒斯坦地图，巨幅、古老，因为地震有一些损坏。教堂不算大，但古色古香，充满了历史的气息。一进大门，就是多幅圣母玛利亚画像，第一幅图片，她拿着十字架，看起来青春靓丽，与想象中庄严肃穆的"圣母"形象相去甚远。一张骑着白马，一张怀抱婴儿，一张与天使交谈，如此等等，不一而足。奇就奇在这些画像全是用马赛克拼成，立体感强，画风非常写实，也很细腻，活灵活现，栩栩如生。

晚 4 点多，我们入住 Movenpick 死海连锁酒店，启动死海漂浮程序——简称"海漂"。海漂的过程非常刺激，甫入水中，由于不习惯重水的漂力，一个个手舞足蹈，仿佛青蛙遇到沸水，场面极为搞笑。待到适应了漂浮，身子随波逐流，很是惬意。此时我独自漂往死海深处，极目所见，唯有蓝空浩渺，无须划水，无须思想，思想和肉体一起变得缥缈。仰起头来，蔚蓝的晴空，不似我故乡的天空，那是瓦蓝瓦蓝的像洗过的蓝布；而此刻，头顶的天空依然蓝，但蓝中夹着些微白絮，看起来如同一块不太纯正的二等玉石。高原的蓝，无论多或少，好歹会有一些白云；但这里的蓝天，真的见不到一丝云彩。"为什么会成为死海，就是因为沙漠干旱少雨。"身旁学生物的家里人说。

客观地说，死海漂浮是需要有些勇气的。"死海"，一片海域与死亡联系在一起，下水之前就有些胆战心惊。下水伊始，你看到的是雪白的海盐堆积岸边，它们硬得像刀子，要是不小心被划上一下，那种锥刺的疼痛，仿佛蝎子的蜇咬。我就被这个白色的蝎子咬过一口，位置在右边小脚趾头外侧，第二天还仿佛有毛辣叮在咬。接下来是从未有过的小习惯。我们平时游泳，都会不知不觉地往下沉，鸭子凫也好，狗刨式也罢，其目的都是不让你的身子往下沉，可是在死海你会发现，你要是漂在水面上，连一只脚都沉不下去，水面像隔着一层胶纸，很薄却很柔韧，脚落不下去，心里就发急，于是就会失去平衡，这就难免呛到海水，这里的海水，那种苦涩，让人无法形容。我虽然只喝进一小口，已倒出不少苦水。老倖将他耍酷的宣传册丢给我，溅起的海浪湿了我的眼睛，立马我就感到浓硫酸滴到般难受，哭爹喊娘地找清水。接下来用海泥敷身体的环节，好听点说是美容，对我来说是毁容，过了一个钟点，按照旅游书上的提示去冲海泥，结果冷得发抖。

夕阳逝去，除了天与山的衔接处还有一抹淡红，远山开始变得苍黑。海面黑了下来，横卧在海与天之间的山脉，就像一条睡去的巨大白鲸，靠海的腹部较黑，靠天的脊背灰白。天已全黑。我们站在岸上听海，可是听不到任何声音。再走近些，才传来一声声低沉而舒缓的吟唱，仿佛唱诗班应和着鼓点的哼鸣。平时听海风"拍"浪，而此时听到的死海，是一下又一下地砸，"砸"浪而来，似乎对岸边的礁石蕴藏着无限仇恨。天空仍然没有一丝云彩，前方一颗硕大的星座，是北极星吗？一条光柱，那是猎户座。在我夜观天象的时候，纺织娘唱起了动人的歌，此情此景，倒也合拍。

原来以为"死海漂流"，一定是个烂泥塘——否则为何叫"死"海。死海，顾名思义，不就是一片死去的海么？亲身体验过才发现，其实它并没有死，这是死海活过来了吗？

一个人的古城

2017年2月20日。气温11度，人体感觉：舒适。

今天在耶路撒冷城内参观，还到玛丽教堂看到了哭墙，十分震撼。

进入古城的时候，巍峨高大的城门矗立在眼前。据说这个城门重建于五百年前，里面有的建筑已历千年。小巷狭窄，但悠长古朴，脚下的每一块砖都被磨得漆黑陈旧，不知道被多少人踩踏过，也不知道这些踩踏它的人来自哪里，又到哪里去。当然。这些匆匆而过的人群中，肯定有一双脚，它的主人叫耶稣，他走过了，卷起一阵风云，历史在这里埋下浓墨重彩的一笔，并从此被许多人翻阅，虽然经卷的边沿早已发黄，但后人仍乐此不疲，如今天来到这里的我等，都是这本书的忠实读者。

穿街过巷，阅读小城中人们的生活。我看到街道旁，一家人早早就开了店门，旁若无人地做面包，一个戴黑头巾的年轻女人和她的朋友正在翻阅厚厚一本画册，路边摊点的老人提着一个大圆圈，上面叮叮当当挂着许多工艺品。最牛的是，一个中年妇女头上顶着一个汽油桶般大的垃圾袋，左右手又各拎着一个同样大的袋子，耍杂技一般从远处飘然而来，道路上行走的游客莫不觉得厉害，纷纷将手机、相机的镜头对准了她，面对闪光灯的轰炸，妇女一阵惊慌，左手拎着的袋子便落了下来，妇女想弯腰去捡，又怕头上的袋子掉落，尴尬间，我们同行的一个游客帮她捡了起来，她才得以继续前行。其实，不止犹太人如此，阿拉伯人的"顶上功夫"也是十分了得，几天前我们在约旦沙漠，就见一个贝都因人小伙子，头顶一大叠盘子走过，引起路人一阵惊呼。

耶路撒冷古城的过道并不宽，但由于禁止汽车通行，又都是步行道，虽然行人摩肩接踵，但也并不十分拥堵。脚下的石头路已被磨得光滑，街道两边的古城墙，在春日里闪着微光。城内有全副武装的警察，一律站得笔直，我们对着他们拍照，他们也没有任何反应——记得领队说过，对他们拍照应先征求对方意见，但我们语言不通，犹豫着犹豫着就按动快门了，他们也没看我们一眼。大概是这里游人较多，他们早习以为常。

古城里的许多古迹，都与耶稣有关。耶稣受难一共十四站，今天我们沿着古城小巷走进去，路过了其中的多个站点，包括耶稣被脱去衣服，他告诉路上的小女孩耶城将毁等。

圣母教堂，耶稣就死在这里。据说他曾经被绑在十字架上，落下来后，放到一张石床上，如今，耶稣的信徒从世界各地涌来，触摸、亲吻这张冰冷的石床。一个男子将手机搁到上面，一个妇女将纱巾在上面翻滚，都想沾沾圣人的光，从这里带回点什么。石床浸润了太多人的手汗、橄榄油，空气中弥漫着强烈的人体的气味。看来，任何一个伟人要成就一番伟业，都必须经历一段苦难与历练，耶稣受难的历程如此，中国的万里长征莫不如此。

大卫坟墓，是犹太人会馆，人们在这里讨论犹太教的历史等等。旁边就是最后的晚餐发生地。房间只有大约50平方米，现时空空荡荡，只有参观者到来的时候，这里才有聚集的人气。我默默在心里推演，如果在这里吃饭，一定得有一张桌子，十三个人吃饭，就要有一张很大的桌子，这么大的一个厅堂，它的位置会在什么地方？是在窗口的下面，还是大柱的后面，抑或是距门口不远的地方？时间已经久远，真实的情形已无法考证。抚摸着冷凉的墙壁，想着犹大就是在这里亲吻耶稣，以"亲爱"的名义将其出卖，我的心中升起一丝莫名的寒意。

以色列导游Micha带着我们回到住处。又是五星级宾馆，又是吃生金芥、生菜、生辣椒、生西红柿、生豆芽、生鱼片、紫甘蓝、生葱、生莲花白、相思菜……无菜不生，好像时光又回到了那个茹毛饮血的从前。

到了该说再见的时候了。飞过蒙古、哈萨克斯坦、俄罗斯、土耳其、塞浦路斯，进入以色列，从他们领空穿越。黑海、地中海、红海、加利利，本来应该过伊拉克、叙利亚这两个国家，但因为我在飞机上睡着了，不知道是否就这样擦肩而过了？

后　记

　　一棵树要长大，一定要有支持它生长的根；一条河要流动，一定会有一处水草丰沛的源；那么，一个人要成长，也一定会有一个生他养他的故乡。《羊肠小道不走羊》叙述的大多是我故乡的家长里短，这个遥远偏僻的小村叫箐头。箐头之于我，如同一棵树的根，如同一条河的源，它们，是我赖以生存和壮大的基础。

　　一条羊肠小道在荒野中蜿蜒，它的一端连着大山，一端连着村寨，村寨的名字叫"箐头"。"箐头"果如其名，就是一个坐落在山旮旯里的小村庄。这是一个彝汉混居的村寨。平日里，大家说的是汉话，风俗习惯也很汉化。但逢年过节，竹笛吹响，跳的却是地道的彝族舞——名之曰：打跳。我的家庭里，奶奶来自一个叫"阿拉"的彝族村寨，是地道的彝族妇女，不但喝酒厉害，平时还总是扛着一杆长长的烟杆，和她一样喜欢长烟杆的爷爷，却是一个地地道道的汉族。这样的成分，可谓是"彝汉团结"的典范。这样的情形，如同我所居住的村寨——这里也是典型的彝汉混居的一个缩影。

　　记得小时候，生长在偏僻小村的我，总喜欢到一个叫"坎坎头"的村口瞭望。我的心思很简单：早日走出这个偏僻的村寨。那时候，我痛恨村寨的贫穷，痛恨老屋破烂漏雨，痛恨远在村边的古井，痛恨让我祖辈脸朝黄土背朝天的土地……可以说痛恨这里的一切。因此，我读书的动因，便是有朝一日离开这片土地，离开这个村庄。后来我发奋读书，终于得偿所愿。

大学毕业，分配到了一个二十世纪八十年代人人羡慕的"事业单位"，有了城镇户口，成了真正意义上的"城里人"。按理说，这样的结果正是我所追求的，我应该高兴才对。但在城市生活久了，我却渐渐感到厌倦，开始思念我昔日无比憎恨的落后村寨。

我最强烈的愿望，是希望有朝一日能够再回故乡。不是回去一趟，而是期盼能够回去长久地定居，以至终老。当然我也知道，这样的愿望终究只是一个愿望，"再也回不去了"，这才是真正的现实。因为回不去，对故乡的思念就更加强烈。终于，今年国庆前夕，我回了一趟老家。到了村子，迫不及待就直奔箐头的老宅。老宅已经易主，虽然亲戚们都说，道路还是先前的道路，乡亲还是先前的乡亲，邻里还是先前的邻里，但我却总是觉得一切早已迥然有别。走一回当年的小路，拜访过当年的故旧，我一下就傻眼了：我家当年种下的果树呢，怎么不在原来的地方生长了？菜地旁有一个水塘，那可是我当年与小伙伴打水仗的地方啊！村口的道路，不应该如此逼仄啊！当年教过我的同姓教员，不应该如此苍老啊！这一切一切的不同，让我感到惶惑，让我感到难过，感到无所适从。唉，看来，当年那个乡村少年眼中的村寨，已经成为一个遥不可及的梦，一段再也回不去的记忆。

于是，我就想用手中的笔，重温这一段记忆。无论是当年狭长的村路、脸朝黄土背朝天干活的父母，还是与我打得鼻青脸肿的少年……我都希望将他们记录下来。当然，作为一种对比，这里面也记录了这个村寨以外的林林总总，所思所想，这也算是对我近一段思想和人生道路的一种总结吧。

这便是我书写这部《羊肠小道不走羊》的缘由。

2022 年 10 月 17 日